NÃO VOU CHORAR
O PASSADO

TIAGO REBELO

NÃO VOU CHORAR O PASSADO

EDITORIAL PRESENÇA

Email do autor: tiagorebelo@hotmail.com

FICHA TÉCNICA

Título: *Não Vou Chorar o Passado*
Autor: *Tiago Rebelo*
Copyright © by Tiago Rebelo e Editorial Presença, Lisboa, 2001
Capa: *Catarina Sequeira*
Fotocomposição, impressão e acabamento: *Multitipo — Artes Gráficas, Lda.*
1.ª edição, Lisboa, Outubro, 2001
2.ª edição, Lisboa, Novembro, 2001
3.ª edição, Lisboa, Novembro, 2002
4.ª edição, Lisboa, Novembro, 2004
5.ª edição, Lisboa, Agosto, 2006
Depósito legal n.º 246 362/06

Reservados todos os direitos
para a língua portuguesa à
EDITORIAL PRESENÇA
Estrada das Palmeiras, 59
Queluz de Baixo
2730-132 BARCARENA
Email: info@presenca.pt
Internet: http://www.presenca.pt

PRÓLOGO

No dia da morte de Aurélio Horta nada se passou como ele tinha planeado. A data oficial do óbito precisou que Aurélio Horta perdeu a vida a 19 de Setembro de 1985, embora não tivesse sido possível devolver à família um corpo digno de ser visto e chorado pela última vez antes de ser enterrado em paz. A violência do incêndio que se seguiu ao desastre foi tal que as pessoas apanhadas na ratoeira do fogo, pura e simplesmente, desapareceram. Os seus corpos transformaram-se em cinzas, dissolvidos no metal derretido das carruagens do comboio internacional Porto-Hendaia.

Assim como não foi capaz de arrancar aos restos do desastre um corpo que coincidisse com o ser humano tal como a família o recordava, a burocracia oficial também não teria forma de saber que Aurélio Horta ia a pensar na mulher e na filha quando tudo aconteceu.

Tomou o comboio no Porto. Levava consigo uma mala pequena com três mudas de roupa e uma pasta onde transportava os documentos de trabalho, o passaporte e o *voucher* para um hotel em Madrid, onde obviamente nunca chegou.

Dissera à mulher que se despachava em três dias, o suficiente para assinar o contrato que o levava a Espanha e regressar. Ia a pensar nisso aos primeiros solavancos do comboio, que tomava fôlego antes de começar a deslizar a uma cadência certa para fora de Campanhã.

Ia a pensar nessa última conversa:

— Vou num pé e venho no outro — disse, enquanto se vestia frente ao espelho de tamanho natural colocado num canto do quarto. Manobrou-o de forma a virá-lo para cima e demorou-se a fazer um nó de gravata perfeito. O espelho era uma peça antiga, com o vidro encaixado em madeira e apoiado no centro em dois pés altos, de molde a ser voltado para cima ou para baixo conforme as conveniências.

— E onde é que vais ficar? — perguntou ela. Estava sentada na cama, confortavelmente encostada a um travesseiro, evitando o contacto directo com a cabeceira dura do móvel, enfiada até à cintura debaixo dos lençóis ainda quentes da noite e abraçada preguiçosamente ao segundo travesseiro. — Deixa-me o telefone do hotel.

— Vou ficar no hotel do costume. — Aurélio Horta passou os suspensórios pelos ombros, torcendo-se ligeiramente para facilitar o gesto. Os seus velhos sapatos de atacadores, impecavelmente engraxados, fizeram estalar o soalho. — Eu gosto — disse, em resposta à careta da mulher, surpreendida no espelho. — Tem casa de banho privada e ar condicionado.

— Não é grande coisa.

— Para mim chega. Só lá vou estar três dias. — Vestiu o casaco. — E é barato — acrescentou, lançando-lhe uma expressão que dizia tudo.

Maria Alice respondeu-lhe com um silêncio cúmplice.

Voltou a cara para o lado e distraiu-se a catar uma migalha imaginária em cima do lençol. Não valia a pena falar de dinheiro, pois sabia tão bem como o marido que, naquela época, a situação financeira deles não era brilhante. E sabia o quanto ele se esforçava para a melhorar, apesar de não ter muito sucesso.

— Tens razão — desdramatizou —, estou a ser esquisitinha. O hotel não é tão mau como isso. — Acompanhara-o uma vez, numa daquelas viagens a Madrid, e detestara o hotel. Mas gostara da viagem. Fora pouco antes da pequena Alicinha nascer, quando ainda havia dinheiro suficiente para falarem do futuro sem cautelas.

— Em que é que estás a pensar? — perguntou Aurélio Horta, vendo-a com aquela sua expressão adorável, quando se punha com a cabeça nas nuvens.

— Nada — disse ela, encolhendo os ombros e esboçando um sorriso para o sossegar. — Estava a pensar que adorei aquela viagem a Madrid.

— Ah, eu também. Da próxima vez vais comigo.

— Pois, está bem. E deixamos cá a Alicinha.

— Fechamo-la num armário com comida — brincou.

Maria Alice tinha 44 anos e Aurélio Horta fizera recentemente 45. Alicinha estava com oito. Uma paixão depois dos trinta, um casamento e uma filha tardios. Era a história da vida deles. Mas, talvez por isso, não se tinham cansado um do outro, nem por um bocadinho, nos onze anos que levavam em comum. Aurélio Horta era dado ao rigor, de poucos sorrisos, mas atencioso. Maria Alice era alegre por natureza. Nunca naqueles onze anos, mas nunca, tinham levantado a voz um ao outro.

— Estás lindo — gozou, por não haver maneira de ele sair da frente do espelho. Era um homem enorme, com dois metros e tal de altura e umas mãos impressionantes. Por vezes, ele envolvia carinhosamente o rosto dela com as suas mãos grandes, fazendo-o desaparecer.

Aurélio Horta ignorou a piada e continuou a manobrar o pente para acertar o risco, como se não estivesse já perfeito. Era uma cabeleira basta, preta e empastada por causa das camadas de brilhantina que lhe deitava. Maria Alice apreciou-lhe os ombros largos e sorriu confortada com a recordação da noite. Tinham feito amor tão devagar, tão devagar, que a madrugada os surpreendera ainda acordados, um no outro, a prolongarem o prazer de se amarem.

Não dormiram. Maria Alice estava exausta mas satisfeita. *Devo ter tido alguns dez orgasmos*, pensou, soltando um suspiro involuntário.

— O que foi? — perguntou ele, a franzir o sobrolho.

— Nada — respondeu, sonhadora. — Não estás a ficar atrasado?

— Já vou.

Havia coisas da sua intimidade de que nem eles falavam. Maria Alice não se importaria, mas o marido não gostava e ela respeitava isso. Fazia parte da sua maneira de ser. Aurélio Horta não falava de sexo, não dizia asneiras e não falava de trabalho. Ou, pelo menos, só falava o mínimo. Não eram assuntos tabu, simplesmente não via interesse em abordá--los. De qualquer forma, ela sabia sempre tudo. Os desejos dele, as dificuldades que o preocupavam, nada lhe passava em claro.

Algumas horas depois ia sentado num banco do comboio a caminho de Madrid e não dormitou nem por um segundo, apesar de ter passado a noite em claro e de a carruagem o embalar num suave convite ao sono. Mas não fechou os olhos. Como podia? Sentia-se desperto e com os sentidos alerta, como se corresse perigo. E se tivesse prestado atenção aos outros passageiros, talvez tivesse reparado no ambiente estranho que pairava na carruagem. Sinais da catástrofe que se aproximava a grande velocidade.

Uma criança incomodada com alguma coisa chorava ao colo da mãe, que a consolava com palavras de apaziguamento ao ouvido. Um homem irritado desistiu de ler o jornal e atirou-o para o lado com maus modos. Uma senhora de idade levava as mãos juntas no regaço, como se estivesse a rezar. Tinha uma pele transparente, semelhante a papel de seda, e uns olhos petrificados.

Nesse momento, o comboio regional Guarda-Coimbra já se aproximava, avançando em sentido contrário na via única, e o nervosismo das pessoas só se podia explicar por um sexto sentido que as alertava.

Mas Aurélio Horta não reparou nos outros, embora estivesse tão ou mais inquieto que os restantes. Era Setembro e fazia calor, mas a temperatura alta de Verão não justificava as gotas de suor que lhe escorriam da testa, nem as manchas que lhe encharcavam a camisa ou as palmas das mãos que persistiam em ficar molhadas, por mais que as esfregasse nas calças a tentar secá-las.

A verdade é que Aurélio Horta sabia que ia morrer.

Pouco antes de se ouvirem os guinchos desesperados dos freios bloqueados, Aurélio Horta regressou em pensamentos à doce companhia da mulher e da filha. Maria Alice era um amor à primeira vista. Fora-lhe apresentada num café da Foz por um primo dele — naquela época estava na moda o cafezinho na Foz a seguir ao jantar. Aurélio Horta sentara-se à mesa de Maria Alice. Ficara tão encantado com ela que se enchera de uma inspiração invulgar e fora pela noite dentro de piada em piada a fazê-la rir como há muito não lhe acontecia.

Enfeitiçavam-se. Ele, que se transformava na presença de Maria Alice; ela, com uma felicidade que a fazia quase bonita na companhia de Aurélio Horta. Tinham-se tornado inseparáveis até ao casamento um ano depois, e a partir daí ainda mais. Viram-se pela última vez naquela manhã.

Abraçou-a demoradamente, desesperadamente.

— Oh, homem — gracejou —, até parece que vais morrer.

— Era capaz de morrer por ti.

— Não digas disparates.

— Não é disparate, é verdade.

— Está bem — disse ela, sentindo-lhe o cheiro da loção na pele macia, acabada de barbear —, mas eu não gosto dessas conversas.

— Pronto, não se fala mais nisso.

— Faz lá o teu negócio e volta depressa.

11

Aurélio Horta nunca chegara a conversar muito com a mulher sobre as sérias dificuldades profissionais que atravessava. Há anos que tinha um negócio de importação de máquinas de escrever. Iniciara-o em sociedade com o primo quase na mesma altura em que declarara o seu amor a Maria Alice. Um ano mais tarde — coincidindo com o casamento — o primo partiu para França e Aurélio Horta ficou por sua conta.

Mas as coisas tinham começado a correr mal. Ultimamente já ninguém comprava máquinas de escrever. Portugal entrava na Comunidade Europeia, as empresas modernizavam-se. Era a época do computador. E Aurélio Horta não percebia nada de computadores. *Máquinas diferentes, fornecedores diferentes, negócios diferentes*, pensava, desorientado com a vida.

Os clientes de anos evaporaram-se tão depressa que não parecia possível. Aurélio Horta andava de cabeça perdida, mas ocultou à mulher o seu desespero, em parte por não querer preocupá-la, em parte porque ele assumira desde o início a vontade de sustentar sozinho a família. E agora sentia a humilhação do fracasso.

Apercebendo-se desse sentimento de impotência que consumia o marido, Maria Alice ia fingindo que não sabia da verdadeira dimensão do problema para não o desanimar ainda mais. Resistia à tentação de abordar o assunto, apesar de ter vontade de lhe dizer que não era vergonha nenhuma alguém falhar um negócio. Afinal de contas, o marido não tinha culpa se o mundo continuava a andar. Maria Alice não o amava menos por isso.

Alicinha resmungou do interior dos seus lençóis. O pai foi acordá-la.

— Vamos lá, filhota — abanou-a gentilmente. — Toca a acordar.

— Só mais um bocadinho — implorou.

— Nã, nã, nã. Está na hora de ires para a escola.

Puxou-a de baixo dos lençóis e levantou-a sem esforço, ficando com a impressão de que não pesava quase nada. Aurélio Horta não se emocionava facilmente, mas naquela manhã, com a filha ao colo, quase chorou. Alicinha pareceu-lhe tão pequena, tão frágil e ainda tão inocente.

A criança desembaraçou-se do pai e foi descalça e estremunhada para a casa de banho. Ainda tão inocente, tomava tudo como certo, confiava na protecção dos pais, ficou Aurélio Horta, para ali sentado na cama de Alicinha, a repetir-se em pensamentos, como se a infância da filha fosse uma coisa extraordinária.

Deixou-a na escola com a lancheira, um abraço invulgar e uma frase que Alicinha não voltaria a esquecer por mais anos que vivesse.

A poucos quilómetros do apeadeiro de Alcafache, num ponto ignorado pelo resto do país, algures entre Mangualde e Nelas, os passageiros do comboio internacional tiveram a impressão de que o tempo parara subitamente, dando lugar a uns eternos segundos em que o comboio assumiu vida própria. A máquina comportou-se como se fosse um animal aflito a fazer tudo o que estava ao seu alcance para salvar os filhos que trazia no ventre.

Tal e qual um animal ameaçado, o comboio gritou. Os freios guincharam quando bloqueados e os passageiros, assustados de morte, deram conta da carruagem a estremecer à medida que escorregava na linha.

Aurélio Horta viveu aqueles instantes de fim da viagem no papel de um espectador, e por isso não sofreu.

A criança rabugenta interrompeu o choro e fitou com espanto os olhos aterrados da mãe.

A mãe susteve a respiração e agarrou-se à filha, que não teria mais de três anos.

Aurélio Horta reparou no desespero da mulher a segurar a filha. *Parece que lha vão tirar,* pensou.

O homem do jornal tentou lutar contra a travagem, fincando os pés no chão e as mãos no banco para não ser atirado para a frente.

Já a senhora de idade não teve força para tanto e foi atrás daquele ímpeto que a sugou contra o banco da frente. Aterrou de cabeça no estômago de um soldado.

Aurélio Horta ouviu perfeitamente — ou então imaginou que ouviu — o barulho do pescoço da senhora a partir-se.

O soldado, momentaneamente sem fôlego, dobrou-se para a frente, enquanto a senhora com a pele transparente como papel de seda rolava para o pavimento. *Um farrapo sem vida*, foi o que passou pela cabeça de Aurélio Horta, *e não terá o privilégio de ver como isto acaba.*

Depois foi o embate, mais brutal do que alguém pudesse imaginar.

Aurélio Horta ainda viu a criança soltar-se dos braços da mãe e ser catapultada num voo desamparado.

A carruagem descarrilou e tombou para o lado, antes de se incendiar.

PARTE UM

1

No dia 2 de Julho de 1973, Mário Fontes não pôde festejar o aniversário dos seus 31 anos porque foi com a mulher, grávida de um mês e meio, enterrar a mãe ao cemitério de Nossa Senhora das Angústias, no Funchal.

Foi um funeral triste, como todos os funerais aliás, mas este foi particularmente triste porque só compareceram à despedida solene três vizinhas, além do filho, a nora e o padre. Foi uma cerimónia de tal forma desoladora que, mesmo sem ninguém lhes pedir, os coveiros benzeram-se respeitosamente e ficaram por ali a acompanhar as exéquias, fazendo de figurantes consternados em vez de irem fumar cigarros depois de depositarem o caixão.

Mário Fontes contemplou o funeral da mãe e sentiu que ele próprio chegara ao fim da vida. Pois, a menos que fizesse alguma coisa para recuperar o controlo do seu destino, que futuro lhe restava senão viver agarrado ao pequeno negócio que agora herdava da mãe e assim passar ano após ano, até um dia terminar naquele mesmo lugar, a ser enterrado por duas ou três pessoas de família e outros dois ou três coveiros de boa vontade?

Ali ao lado, o Pico dos Barcelos erguia-se imponente sobre o cemitério encravado entre dois montes. Uma nuvem tapou o sol tórrido das três da tarde e a sua sombra avançou como um fantasma, cobrindo o cemitério. Mário Fontes teve a nítida sensação de que os picos se abatiam sobre si e agarrou-se à mulher, quase sucumbindo a um ataque de claustrofobia.

Gabriela sentiu a mão gelada do marido esmagar-lhe os dedos e olhou-o alarmada.

— Estás bem? — perguntou. Os olhos dele giraram desorientados, até se concentrarem na linha do oceano, na linha do horizonte. — Estás bem? — insistiu Gabriela.

— Hum?

— Estás a sentir-te mal?

— Não — disse. *Estou é fodido*, pensou, em pânico, *estou fodido se não sair daqui imediatamente.* — Vamos embora — ordenou. E puxou-a pela mão, arrastando-a para fora do cemitério. Gabriela ainda olhou para trás, sem poder interromper os passos involuntários, e levantou a mão livre para acenar uma desculpa ao padre, espantado, com os braços abertos a meio de uma frase de piedoso conforto. As vizinhas carregadas de vestes negras levaram a mão às bocas escandalizadas. E os coveiros encolheram os ombros e puxaram dos maços de tabaco dos bolsos das camisas encardidas de terra.

A pequena tabacaria na baixa do Funchal era pouco mais do que um buraco sufocante e sem luz. Havia um balcão de madeira tosca que nunca chegara a ser pintado, umas prateleiras carregadas de livros com as capas descoloridas pelo tempo e, acima de tudo, havia camadas e camadas de pó que explicavam os problemas respiratórios que, nos últimos tempos, tinham atirado a mãe para uma cama de hospital.

Mário levantou a porta levadiça do balcão, pegou com dois dedos em pinça na almofada nojenta que estava em cima do banco onde a mãe costumava sentar-se e deixou-a cair no chão. Passou o banco para fora do balcão, oferecendo-o a Gabriela e foi sentar-se à frente dela nos degraus da entrada da tabacaria, que era a cave de um prédio antigo, com saída para a rua. Depois voltou a levantar-se e foi outra vez ao interior do balcão buscar um maço de tabaco.

Sentada no banco, desconfortável, Gabriela pousou as mãos no regaço e consultou o marido com os olhos fixos e uma expressão a rebentar de expectativa. Mário sentou-se no degrau, abriu em silêncio o maço de tabaco, acendeu um cigarro e soltou para o tecto uma longa baforada de fumo que se confundiu com um profundo suspiro.

— E agora? — perguntou Gabriela, sem aguentar mais a curiosidade que a mordia.

— E agora — disse ele — temos de tomar uma decisão muito importante.

Quando, uma hora e meia mais cedo, Mário Fontes foi dominado por aquela urgência de partir, não era em sair do cemitério que ele pensava. Agora, embora mais calmo, ainda ponderava sobre a ideia de partir. Inspirou profundamente o fumo, queimando de uma só vez quase metade do cigarro. Gabriela ficou ali hipnotizada a ver o cigarro desaparecer, esperando — como sempre fazia — que o marido se decidisse a interromper o curso do pensamento e se dignasse a dizer--lhe o que lhe ia na alma.

O que ia na alma de Mário era o mesmo que o preocupava há vários dias: *O que é que eu vou fazer da merda da minha vida?* Estava desempregado há cerca de um mês. Dois anos e meio a servir à mesa numa cervejaria tinham terminado abruptamente quando o patrão o repreendeu por uma coisinha de nada.

— Já te disse há bocado que a mesa três não tem o galheteiro cheio — censurou-o o patrão. — O que é que andas a fazer?

— Já vou tratar disso — respondeu Mário, irritado e atirando com um pano de cozinha para cima do balcão, fazendo voar um pratinho de tremoços e um copo de cerveja que se foram estilhaçar aos pés do patrão.

— Olha para isso, homem!

— Tudo bem, tudo bem, já vou encher a porcaria do galheteiro.

O patrão abriu os braços, exasperado.

— Vais, vais — abanou a cabeça. — E vê lá como falas comigo, senão vais é para o olho da rua.

— E você — desafiou-o, com os punhos fechados nos quadris — por que é que não vai levar no cu, em vez de me estar a chatear?

A vida era mesmo assim, quando começava a correr mal era tudo de enfiada. *Logo a seguir vem a Gabriela e diz-me que está grávida.*

— Mas tu não estavas a tomar a pílula?!

— E tu não sabes que me esqueci de a tomar uma vez e que te avisei, mas tu estavas tão pedrado que me saltaste para cima na mesma e cagaste no assunto?!

— Oh, que grande merda. E agora?! — atirou-lhe a pergunta à cara como se fosse apenas um problema dela.

— Agora — encolheu os ombros com desprezo, mas fazendo um esforço enorme para não lhe dar a satisfação de a ver chorar, não naquele momento. — Agora tens de escolher um nome para o teu filho... ou filha, não sei.

— Mas eu estou desempregado, porra!

— Pensasses nisso antes de me foderes! — atirou-lhe, furiosa. — E de foderes o juízo ao teu patrão, já agora.

Não tinha sido propriamente o tipo de conversa romântica habitual nestas circunstâncias. Ele ofendera-a num momento em que ela se sentia particularmente sensível. Mas agora já estava tudo bem. Mário não era do género de tratar mal as mulheres. Reagira mal simplesmente por se ter assustado. Mas também não era homem de se encolher perante as dificuldades. Estava habituado a enfrentar os problemas de frente.

2

Mário Fontes começara a trabalhar como empregado de mesa no mesmo dia em que terminara o liceu. Antes disso o pai não lhe permitira. Depois fizera um pouco de tudo. Andara nas obras, trabalhara em hotelaria — a carregar malas nos hotéis de luxo e a divertir-se com as *bifas*, estrangeiras trintonas e ricas que chegavam à Madeira à procura de aventura, acompanhadas de maridos distraídos e viciados em golfe — regressara às mesas, andando de esplanada em esplanada, até assentar na última cervejaria e encontrar Gabriela.

E, com isto, a vida passara a correr e Mário chegara à casa dos trinta num abrir e fechar de olhos. O pai ficara pelo caminho, vitimado por uma cirrose inevitável, tendo em conta o que bebia. Restava-lhe a mãe, com a saúde bastante periclitante.

Mário podia não ter investido seriamente numa carreira profissional e ter esbanjado a sua juventude em mulheres, copos e muita marijuana mas, chegado a este ponto, começou a reorganizar as ideias e a dizer a si mesmo que, se ia permitir que Gabriela trouxesse a este mundo uma criança, então teria de começar a levar as coisas mais a sério.

De forma que lhe disse: — Se vamos ter um filho, temos de casar. — E assim foi. Juntou a mãe e meia dúzia de amigos ocasionais e levou Gabriela ao altar.

Nem um mês tinha passado. No espaço de um mês Mário ficou desempregado, descobriu que a namorada estava grávida, casou e enterrou a mãe. *As pessoas normais levam uma vida inteira para que estas coisas todas lhes aconteçam,* pensou, ali sentado no degrau da tabacaria da mãe.

Atirou a beata para o chão e esmagou-a com o sapato. Levantou os olhos e observou as mãos de Gabriela entretidas a embrulhar um pouco de marijuana em papel de tabaco. Não sabia bem quanto tempo estivera alheado em pensamentos mas, pelos vistos, fora o suficiente para que ela se distraísse a fazer asneiras. Gabriela nem reparou que o marido tinha regressado à realidade e a observava espantado, como se ela fosse um extraterrestre.

— O que é que estás a fazer? — O tom foi mais de perplexidade do que de censura. Gabriela encolheu os ombros, sem levantar os olhos da sua tarefa.

— Estou a fazer um charro.

— Gabriela?

— Hum? — levantou os olhos.

— Tu agora estás grávida.

Gabriela abriu os braços e rolou os olhos. *Grande novidade,* pensou.

— E então? — disse.

— Deita fora essa merda.

— Porquê?!

— Porque faz mal à criança — irritou-se. — Por que é que havia de ser?!

Será que estou a ouvir bem?, interrogou-se Gabriela, a tentar perceber o que é que se estava ali a passar. *Afinal de contas, quem é que é o responsável aqui?* Examinou-o ostensivamente, a começar por baixo, pelos falsos *Gucci,* uns sapatos pretos em bico, com fita verde e vermelha, e foi subindo pelas calças brancas à boca de sino, até à camisa amarela de colarinho grande a estender-se pelos ombros, exageradamente aberta, a mostrar o peito peludo decorado com um fio e uma cruz de cruz de ouro. Mário coçou desajeitadamente as patilhas compridas, quase até ao queixo.

— O que é que foi? — protestou, sentindo-se incomodado por estar a ser observado.

— Nada, nada. — Fez-se de inocente, com a cabeça de lado, a fazer beicinho. Enfiou a mortalha e a erva num saquinho que tinha no colo e esticou a mão. — Toma.

Ele pegou no saco e atirou-o para um cesto de papéis.

— Ena! — saiu-lhe. — Estás mesmo passado.

— Deixa lá isso.

— Está bem — disse Gabriela, contraindo os lábios e encolhendo os ombros de uma maneira engraçada. Ele sorriu-lhe, em jeito de justificação, percebendo o que ela estava a pensar. Observou-a, embevecido com os seus caracóis ruivos e compridos, com os grandes olhos castanhos, tão expressivos, e a pele bronzeada... *És tão bonita, caraças!* Não disse, mas Gabriela leu-lhe os pensamentos.

Levantou-se do banco, com um sorriso malandro pendente nos lábios, ergueu a saia diáfana, libertando-se da atrapalhação de tecido que a cobria até aos pés, avançou para ele dobrada, com as pernas abertas e foi sentar-se ao seu colo, de frente, com uma perna para cada lado.

— Não, não, não — protestou ele, pouco convincente. — Olha, que ainda nos vêem.

Gabriela sorriu-lhe e beijou-o longamente, explorando-lhe a boca com a língua, enquanto fazia ginástica, esticando-se para fechar as portas atrás dele. Por esta altura, Mário viu-se sem forças para lhe resistir e rendeu-se quando as suas mãos trancaram as portas da rua e voltaram a ele à procura do fecho da braguilha, ali mesmo, debaixo dela.

3

Estavam juntos há coisa de dois anos e uns meses. Viviam num quarto miserável com uma cama, um armário e uma casa de banho. Pagavam o quarto e tudo o resto com o ordenado dele, as gorjetas generosas dos turistas e o parco salário de empregada doméstica de Gabriela, que trabalhava em casa de uma família rica da Madeira.

Não tinham literalmente nada de valor que lhes acautelasse o futuro. Mas não se importavam. Ou melhor, Mário não se importava. Gabriela preocupava-se, embora estivesse habituada à pobreza. Ela vinha de uma família de pescadores embrutecidos da Câmara de Lobos, uma terra à beira-mar com uma história de miséria ancestral. Era a filha mais nova de sete irmãos e a única rapariga. Gabriela aprendera a sobreviver desde pequena, esquivando-se aos abusos do pai, que lhe batia com a mesma naturalidade com que distribuía chapadas pelos rapazes. Fugira de casa aos 14 anos, farta das tarefas domésticas a que a mãe a submetia para servir o pai e os irmãos, que viam nela pouco mais do que uma escrava.

Refugiara-se nos braços de um padre amigo, um homem forte com voz de trovão e grandes barbas de apóstolo. Era um padre de coração aberto e mangas arregaçadas, que visitava frequentemente Câmara de Lobos e ajudava a minorar as provações de uma população «atolada em merda», como dizia sem papas na língua quando confrontava o desinteresse dos políticos, que tentavam desculpar-se com conversa fiada.

O padre António levou Gabriela para o Funchal ainda menina, mas já uma mulher de facto. Ofereceu-lhe a sua protecção divina num dia em que o pai a perseguia com uma faca, ameaçando matá-la por causa de uma garrafa vazia, que ele próprio esvaziara.

— Se te fores embora — vociferou o pai, sem coragem para arrancar a filha dos braços do padre —, é melhor que não ponhas cá os pés nunca mais!

E assim foi. O padre António deu guarida a Gabriela, inscreveu-a numa escola e, dois anos depois, conseguiu que a contratassem como empregada doméstica, a pedido dela.

Gabriela não voltou a Câmara de Lobos. Embora a infância a perseguisse em sonhos durante anos, teve força de espírito suficiente para construir uma vida razoavelmente feliz, re-cusando-se a ser devorada pelo passado. Deitou a memória dos pais para trás das costas e, durante anos, foi encontrando ocasionalmente um ou outro irmão nas ruas do Funchal, mas mudava sempre de passeio antes de chegarem à fala. Não esperava nada de bom de nenhum deles.

Passearam pela marginal de mãos dadas. Ao final da tarde levantou-se um vento agradável e as palmeiras abanavam as suas folhas como espanadores naturais. Tinham feito amor, indiferentes ao calor insuportável da pequena tabacaria, mas depois haviam fugido daquele ambiente abafado.

Mário espreitou Gabriela por detrás dos óculos escuros e surpreendeu-a com aquele seu ar sonhador do costume. Às vezes, desconfiava de que ela não o amava tanto como ele. Era ciumento e estava constantemente a testá-la, estudando-lhe as reacções à procura de sinais de rejeição. Mas Gabriela passava por isso tudo com uma indiferença olímpica. A vida ensinara--a a ser fria e a concentrar-se naquilo que era realmente im-portante.

Deixava-se guiar passivamente pela mão orientadora do marido, desde que ele seguisse na direcção que lhe interessava. Gostava dele com sinceridade, mas o que a preocupava mais era a necessidade de se sentir protegida. Por isso, deixara-o uma vez durante quase duas semanas, por ele se atrever a ameaçá-la com um estalo a meio de uma discussão provocada pelo álcool.

Mário não se importava de gastar o ordenado quase todo numa semana de copos e charros, porque podia remediar-se com as gorjetas durante o resto do mês. Gabriela juntava religiosamente todos os tostões que ganhava a pensar em qualquer eventualidade. Responsabilidade era uma palavra que só começara a fazer sentido para ele no dia em que Gabriela se sentou na esplanada onde ele trabalhava.

— Cá está o seu café — anunciou ele alegremente, depositando-lhe uma chávena toda entornada em cima da mesa.

— Olhe, desculpe — chamou-o, já ele dava meia volta. — Isto é o meu café?

— Não foi o que pediu?

— Não.

— Não?

— Não — reclamou. — Eu pedi um café, não esta porcaria toda entornada.

Mário trouxe-lhe outro café e no final recusou-lhe o pagamento, às escondidas do patrão. Achara-lhe graça. Gabriela voltou no dia seguinte e durante o resto da semana, até ele a convidar para saírem e acabarem por se apaixonar irremediavelmente.

— Sabes o Jorge? — perguntou ele casualmente, interrompendo aquele passeio na marginal ao cair do dia.

— Sim, o que é que tem?

— Foi para a Venezuela.

— Ah, sim?

— Sim.

— Fazer o quê?

— Abrir um negócio. Ele tem lá o padrinho que o vai apoiar no princípio, até se conseguir aguentar sozinho. — Contou-lhe isto sempre a olhar em frente, como se estivesse a pensar alto.

Gabriela olhou de esguelha para o marido, tentando descortinar onde é que ele queria chegar. *Já te conheço de ginjeira, Mário Fontes, estás com alguma na cabeça.* E esta já era a segunda vez que a surpreendia naquele dia estranho. Gabriela costumava pensar no marido como o tipo mais previsível da ilha da Madeira. Gostava pouco de trabalhar e satisfazia-se com a companhia dela, sexo, copos, marijuana, jornais desportivos e ponto final.

Saía do emprego, passava a buscá-la na casa onde ela trabalhava, iam directamente para o quarto alugado, onde ele se punha em cima dela num turbilhão de lençóis, encontrados tal e qual como os tinham deixado na noite anterior, e faziam amor dispensando os preliminares — Mário não tinha paciência para essas «tretas românticas», como costumava dizer. Voltavam a sair para jantar e continuavam noite fora pelos bares e discotecas do Funchal, enchendo-se de álcool e marijuana. E era isto a vida deles, nem mais, nem menos.

Se Gabriela sugeria uma variação ao programa habitual, ele ficava intratável o resto do dia; se ela reclamava que estava cansada e não lhe apetecia sair, tinham o caldo entornado.

Não havia semana em que ela não se perguntasse por que é que continuava com ele. E chegava sempre à conclusão de que era porque, apesar de tudo, Mário era um tipo divertido e razoavelmente popular. Entrava nos bares, onde tratava toda a gente por tu, e havia copos à borla e mulheres invejosas a quem ele não dava a mínima importância, porque só tinha olhos para a sua Gabriela. Isso, ela tinha de o admitir, agradava-lhe.

— O Jorge perguntou-me se eu não queria ir também.

— Para a Venezuela?!

— Hum, hum.

— Fazer o quê?! — Nunca lhe passara pela cabeça sair da Madeira, quanto mais ir para um país tão longínquo e desconhecido como a Venezuela.

— Olha, fazer o quê — encolheu os ombros. — Trabalhar com ele, o que é que havia de ser? Abríamos o negócio a meias.

— Quando é que ele te disse isso?

— Antes de partir.

— E por que é que não me disseste nada? — indignou-se.

— Estou a dizer-te — respondeu ele, sem paciência. *É típico*, pensou, *eu falar de uma coisa importante e ela preocupada com merdas que não interessam nada.*

— Podias ter-me dito logo — protestou Gabriela, amuada.

— Pois podia — atirou-lhe, irritado —, mas, caso não tenhas reparado, tive de enterrar a minha mãe e tenho estado ocupado a pensar noutras coisas.

Caíram em silêncio. Mário ficou ali de mãos nos bolsos e Gabriela de braços cruzados. Ele guardou os óculos escuros no bolso da camisa e ela sentiu um leve arrepio de frio. Os últimos resquícios do dia desapareciam rapidamente e a noite estava a pedir uma camisola. Os candeeiros acenderam-se, resgatando a marginal do lusco-fusco, enquanto eles faziam as suas tréguas em silêncio, procurando sintonizar-se novamente sem se agredirem.

— Está bem, desculpa — murmurou Gabriela.

— Tudo bem — resmungou ele, a encolher os ombros com as mãos afundadas nos bolsos das calças.

— E que negócio é esse que ele quer abrir?

— Acho que é uma mercearia.

— Achas?!

— Acho, não. É uma mercearia. Aliás, não é bem uma mercearia, é um minimercado. Há lá muitos madeirenses que têm este negócio e vivem muito bem. Outros têm padarias, cafés e coisas do género. Sabes o que o Jorge me disse?

— Não.

— Ele disse-me que, se ganharmos tanto como ganhamos cá na Madeira, já podemos viver como uns nababos na Venezuela.

— Ele disse isso? — Virou-se para ele, incrédula, a pensar, *como é que isso é possível?*

— Disse — confirmou. — Parece que lá as coisas são todas muito mais baratas.

— E onde é que vamos arranjar dinheiro para as viagens e para um quarto lá em... — hesitou, descobrindo de repente que nem sequer sabia exactamente para onde é que o marido queria ir. — Como é que aquilo se chama?

— Caracas.

— Caracas? — Achou graça ao nome.

— Caracas. Tu tens algumas economias, não tens?

— Tenho.

— Então? Passamos a tabacaria da minha mãe e, com esse dinheiro e as tuas economias, compramos os bilhetes de avião e vamos. Começamos uma vida nova, eu, tu e esse pequenino — disse, acariciando-lhe a barriga.

— Como é que sabes que é um pequenino? — riu-se.

— Eu sei que é um pilas — disse Mário, com uma ponta de orgulho na voz.

— Não sei... — divagou Gabriela, a olhar para o futuro sem conseguir vislumbrar nada que a sossegasse.

— Sei eu! — declarou ele, confiante.

— Não é isso — exclamou —, estava a falar da Venezuela.

— Ah...

— Já pensaste? — disse. — Largarmos tudo assim de repente e partirmos para uma terra que nunca vimos, com gente que não conhecemos.

— Largarmos tudo assim de repente — Mário pegou no raciocínio da mulher —, o que é que nós largamos, afinal?

— Sei lá — suspirou —, a nossa vida aqui...

— Eu não tenho família, tu não falas com os teus pais nem com os teus irmãos, eu não tenho emprego e tu tens um emprego de merda...

— Um emprego de merda, não — interrompeu-o, levantando um dedo. — Dá-me para viver e pelo menos agora ninguém me chateia — disse, lembrando uma história antiga.

— Tudo bem — concordou ele —, mas não é nada que não possas deixar. Aliás, quando os teus patrões descobrirem que estás prenha e que não vais poder continuar a fazer todo o trabalho que fazes, vais ver se não arranjam uma desculpa para te meterem no olho da rua.

— Achas?! — Gabriela arregalou os olhos, alarmada.

Nalgumas coisas era a mesma ingénua de sempre. — Não tinha pensado nisso.

— Então é melhor começares a pensar — disse Mário, aproveitando o rumo da conversa, a seu favor.

Gabriela caiu num silêncio vazio, sem saber o que pensar. Ele inclinou-se de uma forma cómica, espreitando para a encarar, já que ela se deixara ficar a olhar para o passeio, com a cabeça numa confusão.

— O que foi? — reagiu Gabriela, a rir-se, mas sem vontade.

— Então? — abriu os olhos, brincalhão, tentando aligeirar a conversa. — Vamos?

— Vamos aonde?

— Para a Venezuela. — Levantou os braços, como se a pergunta fosse óbvia.

— Sei lá! Não queres, com certeza, que tome uma decisão dessas assim de repente, aqui no meio da rua.

— Aqui, ou noutro sítio qualquer, é indiferente. Vamos?

— Não sei — resistiu Gabriela. — Tenho de pensar no assunto.

— Anda lá — insistiu, como quem diz *não sejas desmancha-prazeres.*

— Calma — ergueu as mãos, a refreá-lo. — Já te disse que não vou para um país qualquer no outro lado do mundo sem pensar muito bem no assunto. — E depois parou subitamente, fitando-o curiosa, a pensar numa coisa que lhe ocorreu. — Que língua é que se fala lá?

4

Gabriela já desconfiava de que algo de muito importante estava para acontecer, mas agora sentia-se em estado de choque. A verdade é que não se preparara para uma mudança de vida tão radical. Bem, a sua vida nunca fora propriamente planeada. Vira-se muitas vezes obrigada a improvisar soluções para sobreviver. Gabriela sentia que andava na corda bamba desde aquele dia traumatizante em que, chegado ao extremo da demência alcoólica, o pai decidira andar atrás dela com uma faca para a matar, obrigando-a a fugir de casa.

Mais tarde, já adulta e sem ninguém que olhasse por ela, Gabriela tivera de deixar subitamente a casa onde o padre António lhe arranjara emprego. Dessa vez foi o patrão que — ao reparar na mulher bonita em que a empregada se tornara — começara a fazer-lhe visitas ao quarto a meio da noite. Assustada com a possibilidade de se ver na rua, sem ter para onde ir, Gabriela cedeu uma vez aos avanços do patrão. E foi assim que se tornou mulher.

Na manhã seguinte, enojada consigo própria por se ter sujeitado a tamanha humilhação, Gabriela correu para a casa de banho e vomitou. Depois enfiou-se debaixo do duche e esfregou-se freneticamente, como se fosse possível lavar a alma de uma tristeza tão grande.

O patrão era um juiz de reputação impoluta, muito respeitado na alta sociedade madeirense, um homem de quase sessenta anos, com dois filhos casados e uma mulher paranóica, que se enchia de comprimidos para dormir a noite inteira.

Depois do duche, Gabriela vestiu a farda de todos os dias que, sem ela desconfiar, tanto entusiasmava o juiz enchendo--lhe a cabeça de fantasias, e foi servir o pequeno-almoço aos patrões.

O casal começava o ritual do dia à mesa da casa de jantar, tomando o pequeno-almoço em profundo silêncio. O juiz e a sua mulher viciada em calmantes já tinham deixado de se darem ao trabalho de conversar um com o outro há uns anos, ainda antes de Gabriela ter ido para lá trabalhar, talvez depois de o último filho ter saído de casa. Ficavam-se por uns grunhidos vagos em casa e por algumas amabilidades de circunstância, quando havia festas de família ou nas raras ocasiões em que apareciam juntos em acontecimentos sociais.

Envergonhada, Gabriela serviu o café com leite do patrão e o chá da senhora sem tirar os olhos do tabuleiro. Mas os nervos traíram-na quando, num momento de distracção da mulher, o juiz teve a desfaçatez de lhe lançar uma piscadela de olho cúmplice, provocando em Gabriela um tremor dos pés à cabeça que quase a fez deixar cair as torradas. A patroa fuzilou-a com os olhos e Gabriela teve de fazer um esforço para se retirar sem sair a correr para a cozinha.

Na noite seguinte o juiz voltou à carga. Avançou para o quarto de Gabriela todo perfumado e cantarolando em voz baixa a sua felicidade, sentindo-se um homem rejuvenescido, pronto para a aventura. Mas desta vez ela estava preparada para resistir ao invasor e trancou a porta por dentro, entrincheirando-se no seu quarto. Ao fim de quase meia hora de pancadinhas na porta sem resposta, o juiz rendeu-se à evidência e fez a sua retirada estratégica. Atravessou o corredor a resmungar imprecações, subiu as escadas para o seu quarto e foi deitar-se contrariado ao lado da esposa. Mas de manhã recebeu Gabriela com maus modos. Implicou com ela quando lhe serviu o café com leite, dizendo que estava tudo frio e refilou com as torradas por estarem demasiado queimadas.

Ao terceiro dia Gabriela descobriu em pânico que a chave do seu quarto tinha desaparecido misteriosamente. A meio da noite, a porta abriu-se e o juiz surgiu na ombreira, com a luz do corredor por trás e as mãos nos quadris, como se fosse um super-herói. Coberto apenas com a toga do tribunal, o juiz expôs a sua nudez ridícula lançando a capa para trás das costas num gesto épico que deixou Gabriela gelada.

Cobriu-se com a camisa de noite até aos joelhos e encolheu--se no canto da cama, sentada com as mãos em volta das pernas apertadas contra o peito. O juiz tinha uns fiapos de cabelo desgrenhados, uma barriga proeminente que lhe conferia uma forma de pêra e umas pernas absurdamente fininhas. Assim nu, o juiz não era grande coisa, quase que podia ser enxotado como uma mosca, não fossem os olhos fora das órbitas, assustadores. O homem parecia tresloucado pela expectativa do prazer. Depois fechou a porta atrás dele e caiu sobre o quarto uma escuridão inquietante.

O juiz foi sentar-se ao lado de Gabriela, sussurrando-lhe palavras de amor. No escuro, ela pôde adivinhar a expressão impaciente do patrão a babar-se de excitação. Embora assustada, Gabriela empurrou-o com determinação.

— Se não se vai embora, eu grito.

— Gabriela! — escandalizou-se. — Minha querida, eu amo-te.

— Mas eu não. Vá-se embora, ou grito.

— E quem é que te ia ouvir?

— A sua mulher.

O que o juiz disse a seguir saiu-lhe do coração e, ainda que chocasse Gabriela, foi mais o exteriorizar de um sentimento de desprezo, reprimido há tantos anos pelas boas maneiras, do que maldade pura:

— A minha mulher — disse ele, em tom de desabafo — tomou tantos comprimidos, que não acordava nem mesmo se fôssemos foder ao lado dela.

— Saia já daqui — rosnou ela, com asco. — Vá-se embora.

— Gabriela... — suplicou.

— Vá-se embora! — gritou, quando ele a tentou beijar. O juiz esbofeteou-a.

— Silêncio!

— Vá-se embora — empurrou-o novamente.

— Muito bem. — O juiz levantou-se, cobriu-se com a toga e, com a dignidade que lhe restava, comunicou-lhe naquele tom implacável que usava na sala de audiências quando mandava os criminosos para a cadeia: — Sais desta casa amanhã. — Depois deu meia volta, abriu a porta e retirou-se com as pernas fininhas a tremerem-lhe de fúria.

Na manhã seguinte Gabriela fez contas com o patrão e foi-se embora, certa de que se não o fizesse, o juiz tornar-lhe--ia a vida insuportável.

— Estas raparigas de hoje em dia — comentou a patroa, estupefacta, a abanar a cabeça negativamente, após Gabriela sair da sala — são umas ingratas.

— É para que saibas — desabafou o juiz —, nós damos--lhes tudo e elas traem-nos sem contemplações.

É claro que Gabriela nunca contou nada disto a Mário. Disse-lhe apenas que tinha mudado de emprego porque o patrão a importunava com propostas senis. De qualquer forma, o caso tinha-se passado antes de Gabriela conhecer Mário, de modo que não se sentiu na obrigação de lhe contar a verdade.

No mesmo dia em que se despediu, Gabriela alugou um quarto e foi à procura de novo emprego. Valeu-se das amizades que entretanto fizera com outras mulheres que trabalhavam a dias nas casas das redondezas. E assim ficou a saber de um casal que tinha dois filhos pequenos e procurava alguém para ajudar a tomar conta deles.

Conseguiu o emprego. Mas agora estava decidida a nunca mais ser empregada interna de ninguém. Disse à nova patroa que poderia ficar ocasionalmente a tomar conta dos miúdos à noite, se houvesse necessidade, mas manteve o seu quarto alugado.

Nem dois meses depois, conheceu Mário Fontes. Fragilizada pelos acontecimentos recentes, cautelosa como um animal ferido, Gabriela começou por rejeitá-lo. Disse a si própria que não queria nada com ele. E no entanto, algo a levou de volta àquela esplanada, dia após dia, como se não fosse dona da sua vontade. Mário tinha o poder de a divertir, e isso constituiu uma novidade extraordinária na sua vida acidentada.

Ao fim de uma semana acabou por ceder e aceitar um convite para sair com ele. Mário tomou conta dela e conduziu-a por um mundo que ela nem sequer sabia que existia. Ensinou-a a rir, a dançar, a beber desregradamente na companhia de amigos que pareciam surgir de todos os lados ao longo de noites que passavam num turbilhão e terminavam no quarto dela, onde se amavam e voltavam a amar-se, por vezes até à hora de correrem para os seus empregos sem tempo para dormirem.

O entusiasmo inicial foi esmorecendo com a rotina da loucura. Com o tempo, Gabriela foi percebendo que os amigos de Mário não passavam de alegres conhecidos. Na realidade, o namorado parecia estar tão sozinho quanto ela. Vivia desesperadamente agarrado ao brilho da noite, uma vida de fantasia, sem rumo nem propósito. Mas o álcool e a droga continuaram a rolar com muita animação. E, embora por vezes Mário chegasse a adormecer, exausto, em cima dela na cama onde antes se amavam com paixão furiosa, nem mesmo assim Gabriela conseguia convencê-lo a abrandar.

5

A única e verdadeira paixão da sua vida, podia dizê-lo, era Gabriela. Mário achava que tivera uma vida boa, até agora. Imaginara, porventura, que a juventude era eterna, e não se preparara para o que vinha a seguir. Pensara que podia continuar sempre a divertir-se, desde que trabalhasse o mínimo para garantir as suas necessidades. Nunca fora ambicioso. Não lhe interessava a riqueza nem a fama. Desde que tivesse uma cama para dormir, dinheiro para comer e para os cigarros e desde que fosse popular no seu pequeno mundo, estava tudo bem.

Mas agora sentia que as coisas começavam a descarrilar. A morte da mãe apanhou-o desprevenido. Foi um choque. Há muito que era independente, e, no entanto, o vazio que sentiu revelou-se uma grande surpresa. Foi como se tivesse perdido um porto seguro. Lá no fundo do subconsciente, a simples existência da mãe representava para ele uma mão amiga que nunca lhe negaria um apoio e a quem poderia recorrer, se fosse caso disso.

De um dia para o outro, Mário vira-se sozinho no mundo, desempregado e com um filho a caminho. Era verdade que Gabriela tinha o seu emprego, mas só de pensar na possibilidade de ser a mulher a sustentar a família ficava deprimido. Como é que iria encarar os amigos, sabendo eles que vivia às custas da mulher?

Por estes dias, Mário Fontes era um homem aflito.

As noitadas acabaram. Perderam o encanto de antigamente. Gabriela andava espantada com a transformação do marido, mas não reclamava. Ele sabia que ela aceitara de bom grado a mudança porque estava cansada daquela vida. Deixaram de beber, abandonaram as drogas e, de repente, começaram a encarar os dias com uma lucidez extraordinária, de que já não se lembravam.

Mário passou a tabacaria da mãe e guardou o dinheiro religiosamente, a pensar em partir. Enquanto Gabriela não se decidia, ele fez algo que até há pouco tempo seria impensável e que a comoveu ao ponto de se abraçar a ele com os olhos cheios de lágrimas.

Uma manhã, bem cedo, saltou da cama sem uma palavra e foi falar com o antigo patrão. Contou-lhe da morte da mãe e do nascimento da criança. Olhou-o de frente quando lhe pediu desculpa pela forma como se comportara, disse-lhe que era um homem diferente que ele tinha ali à sua frente e perguntou-lhe se podia voltar a trabalhar.

Recuperou o emprego e, mais do que isso, transmitiu a Gabriela um novo sentimento de responsabilidade e a segurança por que ela tanto ansiava.

Ao fim da tarde, passeavam de braço dado na marginal e Mário falava-lhe do que ouvira dizer sobre a Venezuela.

— Caracas — dizia-lhe — tem prédios que tocam nas nuvens.

— Arranha-céus?

— Arranha-céus.

— Como em Lisboa?

— Muito maiores!

— Como é que isso se diz em espanhol?

— Arranha-céus?

— Sim.

— Sei lá!

Riam-se e sonhavam juntos enquanto o Sol se punha ao largo do Funchal. Mário tinha dentro dele aquela vontade tão grande de partir. Quando falava nisso, os seus olhos brilhavam de excitação. Nunca tivera medo de um desafio, embora tivesse sido sempre demasiado ocioso para se dedicar a grandes empresas. Esta era a primeira vez que marcara um objectivo sério na vida e o seu secreto desgosto era não acreditar que Gabriela pensasse no assunto senão como uma fantasia.

Em contrapartida, Gabriela ia-se afeiçoando à ideia de construir um futuro melhor daquele que a Madeira lhe prometia. Bem, a Madeira não lhe prometia nada que não tivesse já. E era tão pouco.

— A Venezuela — dizia Mário — tem calor o ano inteiro.

— Oh — encolhia os ombros só para o arreliar — isso também nós temos cá.

— Sim, mas a Venezuela tem as melhores praias do mundo.

Finalmente, Gabriela viu que não podia adiar mais a decisão. Estava de quatro meses e nem sequer tinha um apartamento decente para a criança que ia nascer. A patroa começara a falar-lhe do assunto.

— Quando você for ter a criança — disse-lhe —, vou precisar de outra pessoa.

Nesse mesmo dia foi esperar o marido sentada à beira do passeio defronte da casa dos patrões.

— O que é que se passa? — perguntou ele, alarmado, vendo-a ali de cabeça baixa.

— Não se passa nada — sorriu-lhe, para o tranquilizar.

— Então, por que é que estás aqui sentada no meio da rua? Parece que estás perdida.

— Não estou perdida — disse —, estou cansada. Sabes o que é aturar duas criancinhas mimadas durante o dia inteiro?

Mário sentou-se ao lado dela.

— Bem, eu tenho de aturar clientes mimados durante o dia inteiro.

— E não estás farto desta merda toda?

Ele olhou para ela. Estava com cara de caso.

— Por acaso, até estou.

— Eu também.

Fez-se um silêncio.

— Onde é que queres ir? — perguntou finalmente, pensando que um bom jantar a podia animar.

— Para a Venezuela.

Os olhos de Mário quase saltaram das órbitas.

— Estás a falar a sério?!

— Hum, hum — abanou a cabeça.

— Hum, hum?

— Hum, hum.

Ele pôs-se de pé de um salto, segurou-lhe as mãos e puxou-a gentilmente para si. Abraçaram-se e beijaram-se.

— Vais ver que vai valer a pena.

— Espero bem que sim — sorriu. — Já estou cheia de medo.

— Não estejas — sossegou-a. — Vamos ser ricos.

Dois meses depois Mário e Gabriela partiram para a maior aventura da vida deles.

6

Atravessaram a cidade a meio de uma manhã pesada. Eram dez horas em Caracas e já não se respirava. Uma espessa nuvem de poluição cobria a capital, pintando os gigantescos arranha-céus com tons de chumbo. As avenidas monumentais eram uma confusão de trânsito e de gente. O barulho era uma mistura caótica de motores de automóveis, autocarros, buzinadelas constantes, sirenas variadas e conversas cruzadas.

Ainda mal refeitos do baptismo de voo, Mário e Gabriela viram-se despejados por um autocarro no centro daquela metrópole impensável nos seus sonhos da Madeira. Nada os preparara para aquilo, a imaginação não os levara tão longe.

Pousaram a bagagem no passeio. Gabriela sentou-se numa mala e riu-se de nervosismo, ao contemplar aquele espectáculo monumental.

— Mário, diz-me a verdade. Sabias que era assim tão grande?

Mário passou um lenço inútil pela testa coberta de suor e tentou engolir uma golfada de ar quente, pegajoso e mal cheiroso. Os autocarros despejavam para a atmosfera uma fumarada sem limite. O ar estava carregado de gases nocivos, uma mistura de odores enjoativos que incluía o gasóleo queimado e o cheiro a fritos proveniente dos vendedores ambulantes e dos restaurantes.

— É muito maior do que eu pensava — confessou ele, esmagado pelo espectáculo da cidade frenética.

Gabriela reparou como o marido abria a boca, tentando sorver oxigénio como se fosse um peixe fora de água e passou instintivamente uma mão preocupada pela barriga. Já se via bem que estava grávida e, mesmo que ela não quisesse pensar nisso, o rebento não lhe dava tréguas.

— Esta criança não pára de me dar pontapés — queixou--se. — E eu estou cheia de fome.

— Vamos — balbuciou o marido, momentaneamente desorientado —, vamos comer qualquer coisa.

Encontraram Los Corales por volta das três da tarde. Afinal era outra terra, fora de Caracas, nos arredores, em Vargas. Fazia mais calor do que nunca e Gabriela avisou que se rendia ao inferno.

— Não dou nem mais um passo — disse — a não ser que queiras que o teu filho nasça já hoje, aqui mesmo no meio da rua.

— Não, não! — alarmou-se com a perspectiva. — Deixa--te estar que eu vou procurar um poiso para esta noite.

Largou-a com as malas ao abrigo de uma sombra misericordiosa, sentada ao lado de uma fonte pública que a borrifava com bolhinhas de água fresca. E foi de porta em porta à procura de alguém que falasse português.

Na altura, Gabriela sentia-se demasiado cansada para estranhar a desorientação do marido. Afinal de contas, ela própria estava impressionadíssima com a dimensão da Venezuela. *O Funchal é uma aldeia*, pensou, assustada com o que via.

Mas à noite, deitada em cuecas por cima dos lençóis de uma cama alugada numa pensão improvisada, pôs-se a dar voltas à cabeça enquanto tentava sobreviver ao calor com a ajuda de uma aragem exígua que entrava pela janela escancarada. Mário ressonava profundamente, mas ela não conseguia dormir. Gabriela sentou-se na cama.

— Mário, acorda. — Abanou-o, arrancando-o impiedosamente ao sono para satisfazer a curiosidade que a incomodava. — Acorda, pá!

— Ãã?! — assustou-se. — Que foi?!

— Como é que tu não sabes onde vive o teu amigo Jorge? Ele não te deu a morada?

— Não — respondeu, estremunhado, a esfregar os olhos meio abertos. — Ele só me disse para o procurar em Los Corales.

— Em Los Corales? Mas isto é enorme!

— Eu não sabia.

Gabriela deixou-se cair para trás, desanimada, voltando a deitar-se ao lado do marido.

— Oh, merda — suspirou, a observar o tecto enegrecido pela humidade. — Oh, que grande merda.

— Não te preocupes — disse ele, antes de voltar a cair no sono. — Amanhã encontramo-lo.

Los Corales era uma zona de moradias e hotéis no litoral de Caracas, de forma que descobrir ali o paradeiro de uma pessoa sem qualquer referência afigurou-se-lhes simplesmente impossível.

No dia seguinte regressaram ao centro, à praça Bolívar, e foram de negócio em negócio, explorando as padarias, os restaurantes e os supermercados em busca de portugueses que os pudessem orientar. Estiveram no Centro Social Madeirense, na Missão Católica Portuguesa de Caracas e no Centro Português de Caracas. Ninguém ouvira falar de Jorge, o que também não era de espantar visto que ele chegara recentemente à cidade e, além disso, havia milhares de portugueses na Venezuela.

Ao quarto dia ficaram a saber da existência do Clube Madeirense em Los Corales. Mário e Gabriela deram com ele por causa de um velho letreiro por cima da porta. Subiram uma escada que os conduziu a uma porta de vidro fosco no primeiro andar.

O clube resumia-se a uma sala espaçosa com algumas mesas com tampo de fórmica encardidas pelo tempo e cadeiras de plástico. À esquerda havia um balcão com um expositor de vidro ao canto que parecia um viveiro de moscas. Atrás do balcão alguém tinha pendurado há muito tempo os galhardetes do Marítimo, do Benfica, do Sporting e do Futebol Clube do Porto numas prateleiras empoeiradas com espelhos baços de fundo, onde se podia reconhecer algumas garrafas de vinho da Madeira entre outras bebidas locais. O empregado de serviço, um homem enorme com a barriga apoiada no balcão, palitava os dentes indolentemente. Tinha uma camisa branca cheia de nódoas. Lia o jornal e assim continuou, como se eles fossem uma visita de todos os dias que dispensasse atenção especial.

A sala estava vazia, à excepção de quatro reformados entretidos com uma batota qualquer, que também não se deram ao trabalho de desviar os olhos dos seus leques de cartas. Os homens vestiam camisas de manga curta por fora de calções de cáqui. Debaixo da mesa, os dedos dos pés brincavam com chinelos de praia de borracha muito pouco elegantes. Mas aquilo também não era lugar de grandes cerimónias. No tecto, mesmo por cima deles, uma ventoinha rodava tão devagar que seria improvável que produzisse algum efeito prático.

Mário arriscou-se com o empregado do bar.

— Bom dia.

O homem ergueu lentamente os olhos da página desportiva do *El Universal*.

— Bom dia — resmungou em português, a estudar a camisola às riscas de marinheiro e as calças brancas de Mário. — Se querem comer alguma coisa, só temos aquilo. — Rodou o polegar esquerdo, sem levantar o cotovelo do balcão, para apontar a meia dúzia de fritos com aspecto de muitos dias na vitrina cheia de moscas.

— É só uma cerveja.

— Não está gelada, o frigorífico avariou-se.

— Há três anos — interveio um dos reformados. Os outros desataram a rir-se. Nenhum tirou os olhos das cartas.

— *Polar* ou *Regional*? — rosnou o empregado, olhando de esguelha para os quatro velhos que se riam à sua custa.

— Como?

— A marca da cerveja — disse, abrindo as mãos de impaciência.

— Ah, é indiferente.

— Indiferente ele não tem — gozou o reformado. Os outros riram-se um pouco mais. O empregado rolou os olhos, exasperado.

— *Polar* — decidiu-se Mário, com um sorriso amarelo.

Gabriela estava no meio da sala a observar a cena. O reformado que se divertia a atirar piadas poisou as cartas na mesa e fixou-se nela. Os amigos seguiram-lhe os olhos e deram com Gabriela ali desamparada. Trazia uma camisola de alças leve que puxou desajeitadamente para baixo ao sentir-se observada. Os homens repararam que estava grávida.

— Tem aí uma *silla* — disse o velho, indicando uma cadeira.

— Obrigada. — Sentou-se.

Veio a cerveja. Mário atirou para cima do balcão uns bolívares ao acaso por não fazer ideia de quanto custava a cerveja. E o empregado fez-lhe o troco sem se dar ao trabalho de o esclarecer. Mário virou-se de costas para o balcão e concentrou-se nos quatro amigos.

— Os senhores — disse — por acaso não conhecem um senhor chamado Nunes Freitas, dono de um supermercado?

Os reformados continuaram a jogar. E ele bebeu um gole de cerveja quente para disfarçar o embaraço de ser ignorado.

O velho tornou a poisar a mão com as cartas na mesa e cerrou os olhos a pensar numa coisa qualquer. Tinha um rosto enrugado que sugeria muitos anos de exposição ao sol.

— Oh, Mendes, como é que se chama o dono daquele supermercado mesmo aqui ao pé?

— O Freitas, como é que havia de se chamar? — respondeu o homem sentado à sua frente, achando a pergunta disparatada. Obviamente, todos conheciam o dono do supermercado.

— O Freitas, pois, mas é Nunes Freitas?

— Isso não sei. Eu conheço-o pelo Freitas.

— Pois é — reflectiu. — Olhe, amigo, você sai daqui, vira na primeira à direita, anda dois quarteirões e encontra o Freitas.

— Obrigado. — Ergueu a *Polar* em jeito de agradecimento.

— A menina não quer uma água? — perguntou o velho.

— Pode ser — aceitou Gabriela, com a boca seca.

— Marques, uma *botella* de água.

— *Nevada* ou *Minalba*? — quis saber o empregado. Os quatros reformados explodiram a rir.

7

Quando, ainda no Funchal, Mário falou a Gabriela no convite de Jorge para abrirem um negócio na Venezuela, «esqueceu-se» de se referir às circunstâncias em que esse convite tivera lugar. Na realidade, Jorge abordou o assunto aí pelas três da madrugada de uma sexta-feira bem bebida. Foi no bar do Reid's, onde Jorge trabalhava como *barman* e onde foram acabar a noite com uma conversa animada à volta de uma garrafa de *Johnny Walker* rótulo preto, surripiada às escondidas da gerência.

O bar tinha fechado à meia-noite, de forma que eram só eles os dois, Gabriela e a namorada de Jorge, cada uma delas deitada no seu sofá, dormindo profundamente enquanto os namorados derretiam a *Johnny Walker* rótulo preto com muito gelo e água *Castello*. Por essa altura os dois amigos já estavam consideravelmente bêbados e a conversa girava à roda de *gajas, mamas e cus*. Nada de muito novo, portanto.

Jorge era um tipo que Mário conhecia da noite. Nem sequer sabia onde ele morava, mas em contrapartida podia dizer com segurança que era um *gajo porreiro,* porque já haviam apanhado *ene* bebedeiras juntos e Mário tinha para si a teoria de que era nesses momentos de franqueza alcoólica que se ficava a conhecer verdadeiramente as pessoas.

Ao considerar o amigo um *gajo porreiro* Mário não tinha em consideração o facto de Jorge ser, na verdade, um tipo completamente irresponsável, do género que abria o bar do hotel mais formal e mais selecto da Madeira às três da manhã para apanhar uma bebedeira com um amigo, desrespeitando todas as regras impostas pela gerência e colocando o seu próprio emprego em risco. No Reid's os clientes pagavam uma fortuna pela diária e eram obrigados a jantar de *smoking*.

Jorge era filho de um abastado comerciante madeirense e estava de viagem marcada para a Venezuela porque, tendo chegado aos vinte e seis anos sem ganhar juízo, o pai decidira despachá-lo para Caracas. Jorge ficaria ao cuidado de um tio, irmão do pai e seu padrinho, que o iria colocar a trabalhar num dos seus supermercados. O plano do pai era pô-lo a fazer faxina de sol a sol com um ordenado miserável que apenas lhe permitisse sobreviver num ambiente desconhecido e hostil. Mas Jorge era tão irresponsável que encarava a viagem como umas férias pagas. E falava do assunto aos amigos com um entusiasmo contagiante, chegando a convidá-los para que o acompanhassem nessa extraordinária aventura.

— Gajas boas, é na Venezuela — disse Jorge, às tantas, no meio daquela conversa de bêbados.

— Como é que sabes?

— Sei, porque vou para lá viver e já tratei de me informar. Aquilo é que é gajas com fartura.

— Vais para a Venezuela? — admirou-se Mário.

— É só foder — respondeu Jorge, a dizer que sim com a cabeça.

— Ai, é?

— Hum, hum.

— E quando é que vais?

— No fim do mês. Vou abrir um negócio, um supermercado.

— Então e chegas lá assim, à *la Gardere*, sem conheceres ninguém e abres um supermercado na maior?

— E quem é que te disse que eu não conheço ninguém?

— Quem é que tu conheces?

— O meu padrinho vive em Caracas e já tem lá uma cadeia de supermercados.

— Ah, bom...

Jorge inclinou-se para a frente e apoiou um cotovelo em cima da mesa enquanto servia ao amigo uma dose generosa de uísque, com o cigarro de viés na boca e os olhos cerrados por causa do fumo.

— Ouve lá — disse —, por que é que tu não vens comigo?

Mário soltou uma gargalhada.

— Pois, tá bem. E vou contigo fazer o quê?

— Abríamos o negócio a meias.

— Nãããã. — Mário comprimiu os lábios e abanou a cabeça negativamente. — Não tenho cheta.

— Eu também não — encolheu os ombros — mas tenho lá o meu padrinho que me vai apoiar no início, até eu conseguir aguentar-me sozinho. Se tu fosses comigo, era mais fácil pormos a coisa a andar.

— E o teu tio entra com a massa?

— Tou-te a dizer! Ele é cheio da papel.

— Olha que eu até gostava de arrancar com um negócio meu. — Mário deu uma *passa* no cigarro e expeliu para o tecto uma nuvem de fumo lenta e pensativa.

— Então?

— Ser dono de mim mesmo — sonhou —, sem ter um patrão sempre a foder-me o juízo.

— Exacto — entusiasmou-o Jorge —, éramos só nós os dois a fodermos o juízo aos nossos empregados.

— Quanta massa é que é preciso para abrirmos um supermercado?

— Não sei, mas, com o mesmo dinheiro que tu ganhas cá?

— Sim...

— Na Venezuela estás na maior. Começamos por abrir uma loja pequena, tás a ver? E depois, com o tempo — fez um gesto amplo com a mão na horizontal por cima da mesa — vamos expandindo o negócio.

— E onde é que tu vais abrir o supermercado?

Jorge deu um longo trago na bebida e apagou a beata no cinzeiro. — Onde é que eu vou abrir o supermercado? — Tirou outro cigarro do maço de tabaco, acendeu-o com um *zippo* prateado e fez uma careta por causa do fumo. — Vou abri-lo em Caracas, lá em Los Corales, onde o meu padrinho vive, ao pé da praia. É uma cena muita fixe, tu não estás a ver o que aquilo é.

No fundo, no fundo, a decisão que mudou para sempre a vida de Mário e Gabriela foi tomada no fundo... de uma garrafa *Johnny Walker* rótulo preto. Mas, ao entrar no famoso supermercado do padrinho de Jorge, alguns meses depois em Caracas, e vendo-o fardado com uma bata vermelha e agarrado a uma vassoura a varrer ociosamente o corredor dos produtos de casa de banho, Mário começou a ver a vida a andar para trás.

— Jorge... — chamou-o sem ânimo, percebendo no mesmo segundo como tinha andado a enganar-se a si próprio com sonhos improváveis.

— M... Mário — gaguejou Jorge. — O que é que fazes aqui?

Gabriela pensou exactamente o mesmo, *o que é que eu faço aqui, neste país desconhecido, a gastar os meus últimos tostões, com um filho na barriga?*

Mário deixou-se ficar de óculos escuros no interior do estabelecimento para que Gabriela não lhe detectasse o medo nos olhos. Enfiou as mãos nos bolsos e ali permaneceu em silêncio durante alguns embaraçosos segundos, a contemplar o amigo, igualmente embaraçado. Deu-lhe a impressão de que, se tivesse um buraco onde se enfiar, Jorge teria saltado lá para dentro sem hesitar. Agora o amigo já não lhe parecia tão prometedor como naquela memorável noite no Reid's.

— Viemos abrir um supermercado contigo — respondeu Gabriela pelo marido, com a voz carregada de cinismo. — Mas, pelos vistos, não vai haver supermercado nenhum.

Mais tarde, Jorge juntou-se a eles numa tasquinha para comerem umas tapas rápidas, pois só tinha meia hora para almoçar. Já recuperado da surpresa inicial, Jorge apareceu muito mais animado e revelou-se optimista e empreendedor, cheio de esquemas para negócios fabulosos.

— Ainda bem que vieste. — Deu uma palmada amiga nas costas de Mário. — Tenho andado aí a ver o que é que está a dar e já tenho montes de ideias. Isto é uma mina — exultou, cheio de confiança. — Podemos fazer grandes negócios.

Mas por essa altura a confiança de Mário em Jorge já se tinha dissipado completamente e ele escutava o amigo com a alma vazia. Gabriela não abriu a boca durante o almoço. Aquela coisa de Jorge falar com o marido dela sem a incluir na conversa dava-lhe vómitos. Jorge dava palmadas nas costas de Mário e passava o tempo a dizer «ainda bem que vieste, vamos fazer história nesta terra, vamos fazer sangue!» e deixava-a sempre de fora, como se ela não estivesse ali, como se não tivesse largado um emprego e não tivesse gasto as suas poupanças num bilhete de avião para vir construir um futuro no outro lado do oceano.

— Bom — disse ela finalmente, quando se encontraram outra vez sozinhos no meio de uma rua desconhecida mas apropriadamente chamada *calle* de Las Angustias —, agora que já vimos que o atrasado mental do teu amigo não nos serve para nada, o que é que vamos fazer?

— Agora — encolheu os ombros —, vou tratar de arranjar um emprego. Não te preocupes, que tudo se resolve. — Mário fingiu que não notava o desespero furioso na voz da mulher.

— Tudo se resolve — repetiu Gabriela, cuspindo a frase com desprezo. Não sabia se lhe apetecia mais torcer o pescoço ao marido por ter ido na conversa de Jorge, ou a este último por lhe ter enfiado tantas fantasias na cabeça.

Mas depois de reflectir um pouco Gabriela decidiu calar--se. Afinal de contas, ela própria concordara em ir para a

Venezuela atrás de um sonho e a verdade é que ninguém a obrigara a ir, nem tão pouco podia dizer que o marido lhe tivesse dado quaisquer garantias. Mário nunca lhe dissera que ficariam ricos num instante e pronto. *Se também não sabes distinguir entre o sonho e a realidade, o melhor é ficares calada*, pensou. *Afinal, o que é que estavas à espera, Gabriela? Julgavas que chegavas cá e toda a gente começava a dar-te dinheiro?* Bom, a vida não era assim, e muito menos ali, em Caracas, onde uma legião de famintos descia todos os dias os morros em busca de algumas migalhas que lhe garantisse a sobrevivência.

8

Joaquim Fontes nasceu de emergência numa maca da maternidade Concepción Palacios, em Caracas, no dia 3 de Fevereiro de 1974, umas boas duas semanas antes da data prevista. Não fosse Gabriela uma mulher habituada a sobreviver às contrariedades da vida e o parto teria acabado em tragédia.

Chegou às Urgências da Concepción Palacios pelo seu próprio pé às quatro da manhã de uma madrugada de lua cheia e foi encontrar as salas de parto todas ocupadas por mães aflitas e os médicos de serviço a correrem de um lado para o outro, acudindo a todas as emergências ao mesmo tempo.

— Quando é que lhe rebentaram as águas? — perguntou uma enfermeira fardada de verde-claro, com uma máscara manchada de suor puxada para o pescoço, por baixo do queixo. Via-se que era uma mulher experiente, cansada mas pouco impressionada com o caos nas Urgências.

— Há mais de meia hora — informou-a Mário.

— Chame um médico depressa — implorou Gabriela, sentindo que as contracções subiam de tom.

— Não é possível. — A enfermeira limpou o suor da testa com as costas da mão, encheu as bochechas de ar e assoprou lentamente, como se o seu rosto esgotado fosse um balão a esvaziar-se devagarinho.

— Como não é possível?! — Mário quase gritou. A voz saiu-lhe esganiçada, reflectindo o pavor que o assolava.

Deitada na maca, Gabriela respirava depressa pela boca para compensar as dores do parto iminente.

— Estão ocupados — desabafou a enfermeira. — Parece que decidiram nascer todos esta noite.

— Senhora enfermeira, ajude-me — pediu Gabriela.

Era aquilo um corredor de hospital cheio de macas encostadas à parede em fila indiana e mais parecia uma fábrica de salsichas com as mulheres à espera da sua vez para entrarem nas profundezas da engrenagem. Quase não se podia circular porque para cada maca havia um marido, uma mãe ou uma irmã dando uma mão de consolo e a vigiar as mínimas reacções das suas familiares. Eram pessoas humildes que falavam baixinho, como se estivessem num velório. Os seus olhos angustiados espreitavam para o fim do corredor na esperança de verem as macas avançarem e desaparecerem através das portas de mola que as separavam do interior misterioso do hospital.

Fazia um calor insuportável. O ar, saturado, não circulava. As pessoas abanavam-se tentando aliviar-se da humidade, visível a olho nu nos azulejos sujos das paredes, onde se formavam gotas de água que escorriam livremente até ao chão.

— Muito bem — cedeu a enfermeira —, vou procurar um médico.

— Espere! — gritou Gabriela, agarrando-se desesperada à manga da enfermeira. — Não se vá embora. Não há tempo. É agora!

— *Dios mío* — suspirou a mulher. — Muito bem, afastem-se! — gritou para as pessoas ali em redor. — Dêem espaço!

Empurrou a maca para o meio do corredor. Gabriela berrava a plenos pulmões. Mário começou a ficar branco.

— Vá lá fora apanhar ar — ordenou-lhe a enfermeira, adivinhando-lhe o desmaio. — Menina, afaste as pernas e respire fundo. Enfermeira! — gritou para uma colega. — Venha aqui ajudar, que me está a cair um nos braços. Vá rapariga, vamos lá fazer força, quando sentir a contracção.

E assim nasceu Joaquim Fontes, puxado para o mundo pelas mãos experientes de uma parteira habituada a improvisar nestes casos de força maior. Chegou à vista de uma multidão de grávidas pasmadas e dos seus familiares incrédulos que acompanharam o parto sem saberem o que pensar, senão que logo a seguir podia acontecer o mesmo com eles. Mas no final tudo correu bem e, quando o bebé soltou o seu choro enfurecido, todos se esqueceram da sua própria situação e explodiram numa salva de palmas alegre e viram-se lágrimas comovidas nos olhos daquela gente toda.

A enfermeira depositou o menino nos braços da mãe e depois então levaram a maca para dentro com Gabriela a chorar compulsivamente de alívio e felicidade. Mário perdeu o melhor, porque sempre tinha acabado por desmaiar no meio da acção.

9

Os primeiros meses em Caracas tinham sido passados num anexo bastante confortável da casa da família Freitas. Dona Maria de Jesus, tia de Jorge, uma matrona rechonchuda e muito simpática, fez questão de que Gabriela ficasse ali debaixo da sua asa protectora.

— Esta rapariga — disse logo que a conheceu — não pode andar por aí aos caídos, grávida como está.

Gabriela e Mário tinham sido convidados para um churrasco de apresentação no espaçoso jardim da moradia dos Freitas.

Ao contrário de Jorge, os seus dois primos não desperdiçavam as oportunidades que o pai lhes proporcionava. O mais velho já trabalhava na administração da cadeia de supermercados e o segundo encontrava-se a estudar Gestão de Empresas nos Estados Unidos. Os rapazes já tinham deixado a casa dos pais há muito e dona Maria de Jesus ansiava por um neto. Gabriela caiu-lhe no goto. Foi a oportunidade de reviver os seus tempos de jovem mãe. Também ela tinha chegado a Caracas há quase três décadas com uma mão atrás e outra à frente, antes de o marido ter começado uma impressionante caminhada para a fortuna.

Os Freitas haviam passado por muitos sacrifícios até chegarem onde estavam. José Nunes Freitas era um homem afável, pouco sofisticado, feito de anos de entrega ao trabalho. Era o que ali estava, o homem simples que continuava a levantar-se às cinco da manhã para ir abrir pessoalmente os seus três estabelecimentos, embora já pudesse perfeitamente deixar essas tarefas ao cuidado de quem trabalhava para ele. Mas não, anos e anos de hábitos não abandonava ele só por ter enriquecido.

— Oh, Freitas — disse dona Maria de Jesus a pensar alto, enquanto se lambuzava com uma costeleta de novilho comida à mão. — Eles podiam ficar no anexo até arranjarem um poiso melhor.

Freitas franziu um sobrolho. Ali quem o via, um tipo simples, baixinho, de camisa de manga curta aberta até ao umbigo, com os pêlos brancos do peito e a barriga avantajada desmazeladamente à mostra, de calções e chinelos de enfiar o dedo, Freitas parecia um emigrante remediado. Mas, na realidade, era um excelente avaliador de pessoas. Não se deixava enganar por ninguém e, se punha a hipótese de acolher em sua casa aqueles dois jovens, era porque conseguia farejar em Mário Freitas a vontade de singrar. Não tolerava vagabundos.

— Então e o Jorge, Mimi? — perguntou, sem tirar os olhos das brasas.

— Então, o Jorge pode mudar-se para o quarto de um dos rapazes.

Aquilo de ela o tratar pelo apelido e ele por Mimi era uma coisa da intimidade deles e de mais ninguém. Os Freitas tinham estatuto na comunidade portuguesa, ele ia a caminho de se tornar comendador, dizia-se. Embora José Freitas nunca tivesse chegado a dar o seu consentimento verbal para que Mário e Gabriela ficassem no anexo, dona Maria de Jesus decidiu tudo logo ali à mesa, enquanto trocavam pratos de plástico com as costeletas e a salada de tomate com cebola. Mas só o fez por saber detectar no silêncio a concordância do marido. Se ele não gostasse da ideia, teria inventado uma desculpa, assim limitou-se a enfiar o nariz na fumarada e a pescar as costeletas que estavam prontas.

Embora pudesse ter aceitado um lugarzinho modesto num dos supermercados, Mário preferiu investir no que melhor sabia fazer e foi trabalhar em hotelaria. A região costeira era fértil em hotéis e com uma palavra do patrono, não lhe foi difícil arranjar um emprego digno para começar.

Nos meses seguintes Gabriela e Mário prepararam-se para o nascimento da criança. O *anexo,* como dona Maria de Jesus lhe chamava, era muito mais do que o nome sugeria. Tratava--se, de facto, de um apartamento completamente mobilado, com sala, quarto, cozinha e casa de banho. Como não precisavam de pagar renda, podiam viver bastante bem. Sem extravagâncias, mas bem.

Naturalmente, dona Maria de Jesus e José Freitas foram convidados para serem os padrinhos de Joaquim. Até porque, se não fossem eles, quem é que haveria de ser? O casal ficou tão sensibilizado que organizou um baptizado para mais de cem pessoas. Gabriela chorou comovida. A senhora tratava-a como a uma filha e ela aceitava isso de bom grado. Da sua própria mãe, só se lembrava de receber tarefas domésticas e pancada. Dona Maria de Jesus não hesitava em dar-lhe um beijo ou fazer-lhe um carinho. Gabriela não se recordava de a mãe lhe ter tocado alguma vez que não tivesse sido para lhe bater.

José Freitas babava-se com o bebé. Fosse ele avô da criança e não seria diferente. Chegava a casa ao fim do dia e ia direito ao anexo para brincar com o afilhado.

De forma que a partir daí a vida de Gabriela e Mário foi sempre a melhorar. E, muito provavelmente, teriam tido um final tão bom como o dos padrinhos do filho se, alguns anos mais tarde, o garboso Rafael Gonzalez Junior não tivesse irrompido pela vida deles como um furacão para lhe alterar irremediavelmente o destino.

10

Os anos passaram a correr. Mário começou a trabalhar na recepção do Hilton de Caracas e acabou, três anos depois, como *maître d'hôtel* no restaurante do último andar. Foi uma ascensão espectacular. O hotel ficava na Avenida Libertador, no centro da cidade, e era um dos mais luxuosos da Venezuela. Mário dedicou-se ao trabalho com um empenho religioso.

Tornou-se um dos melhores entre as centenas de empregados que cuidavam de mais de setecentos quartos, uma piscina e dois restaurantes. Vivia obcecado pelo perfeccionismo com que executava as suas tarefas. Tinha um prazer genuíno em receber os hóspedes que vinham ao *seu* restaurante e sabia providenciar o tratamento de luxo que aquelas pessoas mereciam, tendo em conta as facturas extravagantes que lhes dava a assinar no final das refeições. Mas aprendeu que, na generalidade dos casos, os hospedes não se importavam de pagar fortunas se sentissem que tinha valido a pena. E era rara a vez em que não o recompensavam com uma generosa gorjeta.

Gabriela estava encantada com a extraordinária mudança do marido. Desde a chegada a Caracas, Mário nunca mais pensou noutra coisa senão em progredir na carreira e em proteger a família. Seis meses depois do nascimento de Joaquim, já totalmente recuperada, Gabriela começou a trabalhar como *caixa* no supermercado perto de casa.

Agora já havia dinheiro suficiente para começarem a procurar uma casa nova. Mas quando Gabriela sugeriu que poderiam libertar o anexo em breve, dona Maria de Jesus deixou claro que não queria ouvir falar no assunto. Gabriela era a filha que ela nunca tinha tido e Joaquim, o neto que tardava em chegar. Não os deixaria *fugir* com facilidade. De facto, até insistiu em que Gabriela trabalhasse apenas meio dia para poder passar mais tempo com o pequeno, se bem que a madrinha adorasse tomar conta dele enquanto Gabriela estava no supermercado.

Os dias tornaram-se monótonos, mas quase felizes. Joaquim deu os primeiros passos e revelou uma facilidade desconcertante para as línguas. Cresceu a falar tão bem português como castelhano e aos dois anos já sabia distinguir os dois idiomas com a mesma clarividência com que seleccionava as ocasiões em que era apropriado empregar uma ou outra língua.

Aos três anos Joaquim ingressou num colégio português e Gabriela começou a sentir-se sozinha e aborrecida. O marido nunca estava em casa. Saía antes das seis e só voltava do hotel depois das dez. Como chefe do restaurante, Mário supervisionava o almoço e o jantar. Pelo meio sobravam-lhe algumas horas livres que ele não aproveitava para estar com a família, pois não lhe dava para ir a casa e voltar a tempo de preparar as coisas a seu gosto para o jantar. Não admitia que falhasse nada. Ficava doente se havia alguma reclamação ou um cliente saía do restaurante desagradado com o serviço. Sob as suas ordens andavam todos na linha e ai de quem se atrevesse a chegar atrasado ou a servir mal um cliente.

Estavam a fazer quatro anos na Venezuela. Mário geria o restaurante com a sabedoria de um profissional maduro, sensato e competente. Contactava com clientes de todo o mundo, homens de negócios, casais em lua-de-mel, turistas endinheirados. Diariamente, tinha pela frente um pouco de tudo. Pelo restaurante passavam desde estrangeiros de idade avançada e gosto requintado a jovens pouco exigentes que se embebedavam alegremente com cerveja local e um vinho qualquer e acabavam a falar alto numa grande festa.

Ocasionalmente aparecia um ou outro cliente solitário disposto a captar-lhe a atenção com alguma história para contar e Mário tinha sempre um sorriso para lhe oferecer e a paciência de o ouvir. Ao fim de dois ou três *Martinis* e uma garrafa de vinho falavam com ele abertamente, como se fosse um velho conhecido, um ombro amigo onde se pudessem encostar. E Mário prestava-se a isso, pois encarava esse tipo de situações como algo que fazia parte do trabalho.

Aos 35 anos Mário Fontes orgulhava-se de continuar a exercer a mesma atracção animal que fazia as mulheres voltarem-se na rua se as contemplava com o seu sorriso desconcertante.

Nos bons velhos tempos, quando carregava malas nos hotéis da Madeira, bastava-lhe lançar um olhar intenso e cheio de significado sensual para marcar a presa. Aqueles seus olhos azul-claros faiscantes a contrastarem com a pele escura bronzeada faziam as mulheres derreterem-se por ele.

Houve um caso singular — que aconteceu nos píncaros da loucura — de uma cliente que definiu o efeito dos olhos dele dizendo que era tal e qual como o *reflexo do cão de Pavlov*.

Entrara com esta cliente no elevador para a conduzir ao quarto que lhe havia sido atribuído. Era uma mulher pequena e roliça na casa dos quarenta com um vestido leve e florido, talvez inglesa, loura, pele branca e uma expressão bonita e cheia de alegria. Subiram ao quarto andar sem uma palavra, mas ela sorriu-lhe e ele despiu-a descaradamente com os olhos. Impecável no seu uniforme enxuto, a salvo do calor graças ao ar condicionado do hotel, Mário surpreendeu-a a corar, transpirada de desejo.

Ao chegarem ao quarto, ele entrou à frente para abrir as persianas, mas ela atirou a porta sem ver e puxou-o para trás com a força de um reflexo irresistível. Tiveram sexo de pé, de encontro à porta, devoraram-se selvaticamente, limitando-se a afastar com urgência o obstáculo da roupa que os impedia de satisfazer o instinto.

Ainda ofegante, a mulher tirou um monte de notas da carteira, estendeu-lhe a mão trémula e disse-lhe *thankes* com a voz insegura. Mário recusou a gorjeta.

— Está tudo como a senhora deseja? — perguntou-lhe alegremente.

— Não podia estar melhor — retorquiu ela, agradecida.

— Então, se não precisa de mais nada...

Mas antes de o deixar retirar-se ela fez-lhe uma carícia no rosto e sussurrou-lhe aquela frase fascinada sobre o reflexo do cão de Pavlov.

Não tinham passado nem quinze minutos e Mário já estava lá em baixo no *lobby,* onde se cruzou com o marido daquela mulher fogosa, que havia ficado para trás a fazer o *check-in* do casal no balcão da recepção. Saudou-o cordialmente com uma pequena vénia de cabeça e seguiu o seu caminho sem um pingo de remorso. Ia a pensar o que raio quereria dizer aquilo do Pavlov.

Nunca chegara a saber o nome da mulher mas, ainda hoje, quando se lembrava dessa época destravada, surpreendia-se com um sorriso nostálgico de orelha a orelha.

Mas agora, na Venezuela, os tempos eram outros. Mário já não se deixava seduzir nem cedia aos encantos desesperados de mulheres carentes. Limitava-se a conceder-lhes a mesma atenção profissional que dava aos clientes homens, quando o massacravam com histórias entarameladas pelo álcool consumido numa refeição longa e solitária.

Rafael Gonzalez Junior, porém, foi um caso à parte. Entrou para almoçar no restaurante do hotel pela primeira vez no dia 25 de Abril de 1977 e, ao café, percebeu que Mário só podia ser português.

— Você é português? — inquiriu-o, ao detectar-lhe a pronúncia.

— Sou, sim senhor.

— Bem me parecia — disse, satisfeito, a cofiar um bigode convenientemente aparado. — Faz hoje exactamente três anos que se deu a revolução dos cravos no seu país.

— É verdade — confirmou Mário, espantado. Habitualmente, os clientes não sabiam quase nada sobre Portugal, quanto mais se lá havia revoluções.

— Pois é — continuou —, Portugal é um grande país.

— Tenho de concordar com isso, senhor. — Esboçou uma vénia. — Mais um cafezinho?

— Pode ser — aceitou. — Sabe o que lhe digo? A América do Sul precisava de uma revolução de cravos de uma ponta à outra.

— Ah, mas a Venezuela também é um grande país.

— Pois — afastou a ideia com um gesto de desdém — mas há muita pobreza, muita injustiça. No dia em que os pobres descerem os morros e tomarem conta de Caracas, quero ver como é que estes tipos se safam. — Disse isto enquanto cortava a ponta de um magnífico charuto cubano com um cortador de prata. Pelo rótulo, Mário reconheceu um *Cohiba*. Uma caixa de fósforos materializou-se nas mãos dele. Estendeu uma chama ao cliente, como se fosse magia.

— Então, esse café?

— É para já.

Quando Mário voltou com o café, Rafael Gonzalez Junior convidou-o a sentar-se à sua mesa, mas ele não aceitou. Mesmo com a sala vazia preferiu não quebrar a regra.

— Por que não passamos ao bar? — sugeriu.

— Está bem.

O cliente foi sentar-se num banco alto a fumar o seu charuto enquanto o gelo derretia no copo de uísque e Mário ficou no lado de dentro do balcão entretido a limpar os copos acabados de lavar.

— Sabe que eu sou um estudioso dos portugueses?

— Ah, sim? — A ideia pareceu-lhe um pouco presunçosa, vinda da boca de alguém que tinha cara de tudo menos de estudioso.

Por esta altura a conversa corria em português. Rafael Gonzalez Junior falava correctamente mas com sotaque brasileiro.

— Vivi dez anos no Brasil — explicou. — Mas conheci profundamente a comunidade lusa. Daqui vou para Portugal. Quero conhecer as origens. Sou escritor e estou a fazer pesquisa para um romance.

Rafael demorou-se pelo restaurante até às cinco da tarde, tempo suficiente para Mário ficar a saber de fio a pavio a vida daquele caribenho charmoso, impecavelmente vestido com um fato claro de linho.

Tinha 38 anos e era filho do célebre escritor de um só livro, Rafael Gonzalez. Contou-lhe a história singular do pai.

— O meu pai escreveu *Os delírios de um general sem exército*, um romance passado algures na América Latina. Bem, na realidade é *a* história de todo o continente. Mas aconteceu-lhe uma daquelas tragédias da vida. O meu pai teve uma morte digna de qualquer novela. Eu era ainda uma criança. Tinha só três anos. Nem sequer me lembro dele, foi a minha mãe que me contou o que aconteceu. No próprio dia em que acabou de escrever o livro, o meu pai foi a correr ao correio enviar o manuscrito para uma editora. Era o seu primeiro romance e estava excitadíssimo. E, bem, ele vai ao balcão, compra um envelope e os selos, sai para a rua, deposita o envelope no marco do correio e saca de um charuto que andava a guardar para aquela ocasião. Coitado, devia estar nas nuvens, imagina, não? Então, atravessa a rua sem olhar, distraído a acender o charuto, e leva em cheio com um carro. Teve morte imediata.

— Não me diga?!

— Foi exactamente assim — disse. Comprimiu os lábios e abanou a cabeça significativamente a dizer que sim.

— E o livro? — Mário parara de enxugar os copos, fascinado com a história.

— O livro foi publicado sem hesitação. O editor adorou-o e... tem aí os fósforos? — Mário voltou a fazer aquele truque de acender um fósforo como se viesse do nada. — O editor adorou-o e... — Rafael Gonzalez Junior chupou o charuto como se fosse uma chucha, fazendo uma fumarada espalhafatosa à sua volta. — Obrigado. E sabe o que aconteceu? Quando o livro foi posto à venda, os jornais começaram a especular sobre a morte do meu pai. Naquela época a América Latina era o paraíso das ditaduras. Não é que hoje em dia seja muito diferente, mas enfim, *Os delírios de um general sem exército* era um livro arrasador para esses generais de opereta e os jornais começaram a sugerir que a morte do meu pai não tinha sido um simples acidente. Começou a correr a versão de que ele tinha sido vítima de um atentado dos serviços secretos, que o tinham assassinado para o calar, uma data de tretas. Até chegaram a dizer que tinham sido os americanos.

— Mas — estranhou Mário — se ele morreu antes de o livro ser publicado...

— Pois foi, mas sempre houve aquela ideia de que os serviços secretos ianques sabem as coisas mesmo antes de elas acontecerem. — Deu um trago no copo de uísque, que agora era só gelo e água. — Seja como for, o livro começou a vender-se estupidamente por causa da polémica e depois foi publicado em todo mundo e vendeu milhões de exemplares. Ainda hoje se vende. A ironia disto tudo é que *Os delírios de um general sem exército* tornou-se um sucesso mundial só porque o meu pai estava tão entusiasmado que se deixou atropelar e morreu a acender um charuto.

11

Mário estava pronto para arrancar com o seu negócio de hotelaria. Tinha a experiência necessária e toda a força de vontade do mundo. Só lhe faltava um sócio. José Freitas, o único amigo rico que conhecia, seria a escolha lógica, mas acabara de o ajudar na compra de uma casa em Los Corales e estava fora de questão ir incomodar o *velho* com o negócio.

A moradia era um sonho. Apesar de já lá estarem instalados, Gabriela ainda tinha dificuldade em acreditar que vivia numa casa com dois andares e jardim. Para quem nunca tinha tido mais do que um quarto... *Afinal*, pensou ela no dia em que entrou naquela casa pela primeira vez, *Jorge até tinha razão. Na Venezuela vive-se muito melhor do que na Madeira.* O mais engraçado é que Jorge regressara à Madeira há quase um ano. O tio Freitas fartara-se definitivamente dele e fora pessoalmente ao aeroporto internacional de Maiquetia enfiá-lo num avião com destino à Madeira. Como o tio Freitas costumava dizer, não tolerava vagabundos.

Com Mário a conversa era diferente. Havia quatro anos que não fazia mais nada senão trabalhar e poupar e isso era algo que José Freitas admirava. Um jovem responsável e trabalhador fazia-o lembrar-se dele próprio com a mesma idade.

Mário encontrou em Los Corales o edifício ideal para o hotel que pretendia abrir. Era um edifício do estilo colonial, razoavelmente bem conservado, que se prestava a ser transformado num pequeno hotel com quinze quartos, sala comum, sala de jantar e piscina.

Andou a namorar o *seu* futuro hotel durante quase dois meses. E então surgiu uma oportunidade.

Depois de o conhecer, Rafael Gonzalez Junior nunca mais largou Mário. O caribenho de modos afáveis insistiu tanto em que Mário o apresentasse à comunidade portuguesa, que ele acabou por aceder ao pedido. Apresentou-o a José Freitas e a dona Maria de Jesus e estes, por sua vez, apresentaram-no a todos os portugueses que valia a pena conhecer em Caracas.

Rafael apareceu para jantar em casa dos Freitas envergando um fato bege impecavelmente engomado e uma impressionante gravata de seda azul-clara. Era um homem com um jeito nato para conquistar a simpatia das pessoas. Beijou a mão de dona Maria de Jesus como se estivesse a lidar com uma rainha e a matrona rendeu-se imediatamente aos encantos daquele homem de educação superior. E ao anfitrião ofereceu um exemplar de *Os delírios de um general sem exército* com os olhos húmidos de emoção, deixando José Freitas sem palavras.

Rafael Gonzalez Junior dizia-se escritor quando, na realidade, nunca escrevera um único livro em toda a sua vida. Todavia, como andava há dez anos a fazer pesquisa para um romance épico e como, afinal de contas, era graças aos proventos de um grande sucesso literário que podia continuar indefinidamente a gastar fortunas em viagens, hotéis de luxo e gravatas de seda, achava-se no direito de se considerar escritor.

Apesar de repetir constantemente que só estava na Venezuela de passagem e que dali seguiria para Portugal, «para conhecer as origens», a verdade é que Rafael foi ficando em Caracas. Tornou-se visita assídua de casa de Mário e, tal como acontecia com todas as pessoas a quem era apresentado, Gabriela adorou-o desde o primeiro segundo. Rafael parecia mover-se a sonhos e vivia obcecado com a sua pesquisa sobre os portugueses. O sua suite no Hilton parecia o arquivo nacional, com pilhas de material escrevinhado pela sua própria mão, pedaços de vivências com portugueses que ele conhecera por esse continente fora.

Mário e Gabriela recebiam-no como se fosse da família e surpreendiam-se frequentemente a falar do novo amigo.

— Donde é que lhe virá a mania dos portugueses? — interrogou-se Gabriela, em conversa com o marido após uma das muitas jantaradas a três lá em casa, que ultimamente se tinham tornado um hábito.

— Não sei — encolheu os ombros. — Já lhe perguntei isso uma vez, mas cheguei à conclusão de que ele próprio já não sabe muito bem a razão.

— Uma paixão antiga, talvez...

— Talvez.

— Uma paixão mal resolvida — acrescentou ela, a pensar alto. Mário lançou-lhe uma olhadela de esguelha. Gabriela achava o amigo bonito, de cortar a respiração. Apreciava-lhe o bom gosto para se vestir, a educação, a simpatia e a graça natural. Mas guardava para si a opinião que tinha de Rafael, pois conhecia bem o feitio ciumento do marido e não gostaria de acabar com uma boa amizade por causa de um comentário inocente. O amigo não lhe poupava atenções e simpatias e ela queria continuar a tê-lo por perto.

— É uma ideia extraordinária! — exclamou Rafael, transbordante de entusiasmo. — Vamos fazê-lo. Um hotel de charme com poucos quartos e um serviço de primeira. Que ideia sublime.

— Eh, eh, eh — interrompeu-o Mário. — Como é que é isso de *vamos fazê-lo?*

— Meu amigo — Rafael passou-lhe um braço sobre os ombros. Estavam virados de frente para o edifício colonial dos sonhos de Mário. — Vamos comprar esta pérola a meias e pô-la de pé.

— Mas eu acabei de te dizer que não tenho dinheiro.

— E desde quando é preciso ter dinheiro para abrir um negócio? É para isso que existem os bancos.

— Rafael, não há nenhum banco no mundo que me empreste dinheiro.

— É claro que há — sorriu, condescendente. — O meu.

— O teu?

— Sim — abriu os braços, cheio de confiança —, vamos ao meu banco e podes ter a certeza de que te consigo o empréstimo. Eu entro com metade e tu com a outra metade.

Tinham ido dar um passeio até à praia e no regresso Mário falara-lhe do assunto. Naquela época não pensava noutra coisa e sempre que lhe sobrava um tempinho via-se a caminho do *seu* hotel. Quanto a Rafael, tinha todo o tempo do mundo. De modo que, quando Mário lhe contou que tinha aquele edifício colonial debaixo de olho, o amigo disse logo: «Vamos lá ver essa maravilha.»

12

Sete anos, foi quanto durou a sociedade entre Mário Fontes e Rafael Gonzalez Junior. O hotel ficou pronto ao fim de seis meses. Baptizaram-no com o nome de hotel Paraíso, pois era assim que Mário e Gabriela se sentiam. Rafael revelou-se de um extraordinário bom gosto e, ao longo daqueles meses, soube aplicar todo o seu poder de sedução para ir influenciando positivamente os amigos, sem os melindrar, na escolha dos materiais e na decoração do hotel.

Aproveitaram a arquitectura original do edifício. Colocaram novas persianas com ripas de madeira em todas as janelas. Uma vez no interior da sala comum ou da sala de jantar, era possível escancarar as portadas, de forma a dar a impressão de que o hotel não tinha paredes e era totalmente aberto para os vastos jardins que o rodeavam e que estavam isolados da rua por muros tapados por sebes. O hotel abria-se para o relvado exterior, transmitindo a sensação de ser muito maior do que na realidade era. E assim, conseguia-se manter o ar a circular e criava-se um ambiente fresco mesmo no pico do Verão. E, se não bastasse, havia ventoinhas de madeira no tecto.

Deram um tratamento de verniz ao soalho em tábua corrida, limitando os mármores à recepção e às casas de banho. A sala comum foi decorada com bambus, mesas baixas com tampo de vidro e sofás com tecidos frescos e desenhos de flores em cores claras. Para a sala de jantar conseguiram um compromisso entre a mobília de qualidade mas quase informal e o requinte das loiças de luxo e os talheres de prata. Estes últimos foram um toque inspirado de Rafael, que por vezes se punha a divagar e despejava dezenas de ideias ao mesmo tempo, baralhando Mário e Gabriela, sempre muito mais práticos e com alguma tendência para ignorarem os pormenores.

— Os pormenores são importantes — insistia Rafael. — Os pormenores é que fazem a diferença.

Mário deixou o seu emprego para se dedicar ao hotel Paraíso com a mesma intensidade que o levara a ser considerado o melhor empregado do Hilton durante três anos consecutivos.

Se na fase das obras Mário não foi tão atento aos pormenores era porque não estava preparado para tal, porque a vida nunca lhe dera a oportunidade de se cultivar em questões de estética. Estivera sempre demasiado ocupado com assuntos bem mais básicos. Se tivesse dependido exclusivamente dele — ou de Gabriela — o hotel Paraíso teria acabado por se tornar num Hilton em ponto pequeno, cheio de alcatifas e de mobílias caras e pesadas, que teriam ficado completamente deslocadas naquele espaço. Um desastre completo, na opinião bem mais avisada de Rafael Gonzalez Junior.

Mas agora passavam à fase de gerir o negócio e de lidar com o tipo de clientes exigentes que frequentavam hotéis de quatro estrelas e, nesse capítulo, Mário estava bem mais à vontade. Sabia como agradar, tinha o faro e a vocação profissional para fazer os hóspedes sentirem-se em casa e fazê-los voltar uma e outra vez. Nascera para aquilo.

Quanto a Rafael Gonzalez Junior, a sua missão estava cumprida. Era um criador, não estava habituado a trabalhar diariamente, com horários e obrigações. Enquanto Gabriela se revelou incansável nas tarefas inevitáveis para manter o hotel em perfeita ordem, já Rafael deixou perceber desde o início que não podiam contar com ele para nada mais do que fosse andar por ali, magnificamente bem vestido, com aquele seu eterno aspecto fresco de quem acabara de tomar um banho revigorante.

Também ele deixou o Hilton. Foi instalar-se numa das suites do hotel Paraíso, mas fez questão de abrir uma conta e de pagar as suas despesas como outro cliente qualquer. Dos três, só ele dormia no hotel, mas normalmente não dava sinal de vida antes do meio-dia.

Como relações públicas, Rafael Gonzalez Junior não tinha quem lhe fizesse sombra. A sua educação esmerada, a cultura, a fonte inesgotável de conversas interessantes, a capacidade desconcertante para cativar pessoas e atrair clientes entre a alta sociedade venezuelana, foram aspectos determinantes para tornar o hotel Paraíso numa referência obrigatória em todo o mundo.

Em apenas seis meses, aquele pequeno estabelecimento de luxo passou a ser o hotel de charme mais em voga em Caracas. Vinham clientes de todo o mundo, as agências de turismo batiam-se por um quarto para os seus melhores clientes. O hotel Paraíso manteve-se em *overbooking* permanente, com reservas confirmadas até ao ano seguinte. O hotel Paraíso estava, definitivamente, na moda.

No fundo, Rafael não passava de um indivíduo sem referências firmes. Filho único, «cidadão do mundo», como gostava de se apresentar, passara a vida em quartos de hotel, de país em país, numa busca incessante pelo seu lugar na terra. Agarrava-se com unhas e dentes ao passado paternal, que lhe servia de cartão de visita e lhe abria as melhores portas de qualquer cidade onde aterrava. Isso e, claro, a conta bancária fabulosa, que sabia utilizar criteriosa e eficazmente. Tinha muitos amigos e não tinha amigos nenhuns. Provavelmente, Mário fora o seu primeiro e verdadeiro amigo. E mesmo assim, haveria de desbaratar essa amizade por causa de Gabriela.

Um dia, sem mais nem menos, Rafael apareceu ao meio-
-dia na recepção e comunicou que ia partir.

— Vais-te embora? — espantou-se Gabriela. — Assim de
repente?!

— Vou a Portugal — disse —, conhecer as origens.

— E o hotel? — alarmou-se Mário.

— O hotel está em boas mãos. Vocês já não precisam de
mim para manter isto a rolar e eu tenho um livro para escrever.

Nesse mesmo dia, Rafael Gonzalez Junior apanhou um
avião e só voltou seis anos e meio mais tarde.

13

Depois da partida do amigo, Mário só não entrou em pânico porque já nada o fazia entrar em pânico. Contudo, não sendo estúpido e tendo a noção das suas limitações, compreendeu que teria de se aplicar a fundo, dedicar-se de corpo e alma ao hotel, se não queria perder a embalagem inicial e os clientes selectos que Rafael lhes arranjara graças ao seu *savoir--faire* extraordinário.

Durante anos, a primeira pergunta que qualquer hóspede fazia ainda antes de se registar era «onde está o senhor Rafael Gonzalez Junior?»

O hotel Paraíso manteve-se uma referência inabalável durante o resto da década de setenta, mas entrou em queda nos anos oitenta. Não foi propriamente decadência, pois nunca houve lugar para quebras na qualidade do serviço ou falhas na manutenção — Mário não permitiria isso —, mas saiu de moda. As grandes fortunas, atraídas por outras ofertas turísticas, desinteressaram-se daquele, outrora, «cantinho maravilhoso» e deixaram de aparecer com a mesma naturalidade com que se haviam tornado clientes incondicionais.

Obrigado a ceder na selectividade dos clientes, Mário tentava compensar essa contrariedade com uma dedicação cada vez mais feroz. Os seus empregados, vinte no total, sofriam na pele a crescente obsessão do patrão pelos detalhes. Mário vivia praticamente no hotel e controlava tudo e todos durante as vinte e quatro horas do dia. Geria o hotel como se o mundo fosse acabar amanhã. Um quarto por arrumar, uma toalha por substituir ou um cinzeiro por limpar eram descuidos imperdoáveis que podiam resultar em despedimento.

Gabriela tentou refreá-lo, num fim de tarde à beira da piscina, com o pôr do Sol recortado pelas folhas das palmeiras, tal e qual como num filme passado no paraíso dos trópicos.

— Estás a precisar de descansar — disse, apaziguadora, entregando-lhe um *Martini* com duas pedras de gelo e casca de limão —, estamos os dois a precisar. Podíamos tirar uns dias fora daqui, ir a qualquer lado e esquecer o trabalho durante uma semana. Não tens saudades da Madeira?

— Estás louca? E quem é que tomava conta do hotel?

— O hotel não vai desaparecer numa semana.

— Gabriela, o hotel é a nossa vida, dependemos dele para viver.

— Ninguém te vai tirar o teu precioso hotel — disse ela, com amargura. — Podias olhar um bocadinho para a família, para variar. Dar atenção ao teu filho, que só te vê a trabalhar.

— Dar atenção à família? — Mário deixou de ver. — Dar atenção à família?! Eu não faço outra coisa, eu não penso noutra coisa. Se trabalho tanto é por causa de ti e do Joaquim.

— Não te atrevas a culpar-me a mim ou ao teu filho dos teus problemas de merda. — A frase saiu-lhe seca e cortante. *Lá se vai a tentativa para o acalmar*, pensou Gabriela. Mas já era tarde para voltar atrás.

— Eu não tenho problemas de merda. *Nós* temos problemas de merda. E se estás com tantas saudades da Madeira, mete-te num avião e vai fazer as tuas férias, que eu fico a tomar conta do hotel.

É claro que não fez férias nenhumas. Mas Gabriela sentia que a relação deles estava a deteriorar-se. Por alguma razão que ela não entendia, Mário andava irritadiço. Sabia que ele continuava a amá-la mas, de dia para dia, sentia crescer entre eles uma tensão injustificada. O marido revelava-se cada vez mais intolerante e não era só com ela.

— Por que é que o pai está zangado? — perguntou-lhe Joaquim.

— O pai não está zangado — disse Gabriela. — O pai tem muito trabalho e anda cansado.

Joaquim habituara-se a andar pelo hotel em plena liberdade. Os empregados adoravam-no. O menino chegava da escola e saltava para a piscina, onde se entretinha a brincar com os filhos dos hóspedes. Porém, ultimamente, o pai tornara-se mais severo e ralhava-lhe por tudo e por nada. Joaquim não percebia a mudança de atitude do pai, mas reagia mal à agressividade.

Gabriela foi chamada à escola porque o filho começou a envolver-se em zaragatas com os colegas e, quando ela o confrontou com o seu comportamento, Joaquim não soube dar-lhe uma resposta satisfatória. Mas era óbvio que ele se sentia rejeitado pelo pai e fazia asneiras para lhe captar a atenção.

Apesar de tudo, o hotel Paraíso continuava a ser um excelente negócio. Sempre cheio e com um óptimo serviço. Objectivamente, dir-se-ia que não havia razão para Mário andar tão alterado. A sua conta bancária não podia ser melhor, fruto de anos e anos de bons lucros e rigorosas poupanças. Hoje em dia Mário era um homem rico, mas nunca se soube adaptar a essa situação. Guardava o dinheiro com a mesma insegurança que o levava a agir como se o hotel estivesse a ir pelo cano abaixo.

Para Gabriela, o comportamento do marido revelava-se uma enorme frustração. Ela estava com 35 anos, menos sete que Mário e, mais do que nunca, queria aproveitar a vida. Queria divertir-se, gastar dinheiro em coisas proibidas, aceder àquilo que sempre lhe tinha sido negado. Sonhava em voltar à Madeira, de férias, em grande estilo e surpreendia-se frequentemente a fantasiar sobre a possibilidade de visitar os pais e os irmãos para lhes esfregar o seu sucesso na cara. Gostaria de os fazer ver os trastes que eram, gritar-lhes que podiam continuar reduzidos à sua boçalidade insignificante, pois a sua filha e irmã mais nova conseguira sobreviver sem eles, muito obrigada! Contas antigas.

Normalmente, Gabriela não se deixava apanhar na armadilha de se prender ao passado mas, quando ocasionalmente revisitava a infância, ficava tão perturbada que se perdia em pensamentos amargos e com ganas de uma vingança qualquer que lhe apaziguasse a alma. Então, os olhos enchiam-se de lágrimas e podia chorar de sofrimento puro. Finalmente, recompunha-se com o pensamento superior de que os pais e os irmãos não valiam a sua infelicidade. Afinal de contas, agora ela tinha a sua própria família. Confortava-se com o filho, abraçava-o com força, sem perceber que, ao fazê-lo, estava de alguma forma a tentar compensar-se a si própria do amor que não tivera na mesma idade do filho.

Passava sozinha por estas crises. Nunca quisera misturar o marido com os seus fantasmas. Antes cortar um braço a deixar que o maldito passado lhe ensombrasse o presente. Apesar de ter plena consciência de que Mário sempre a amara mais do que ela a ele, sentia-se feliz... ou melhor, sentia-se confortável com a segurança que o casamento lhe trouxera. Mas ainda hoje não tinha uma conta bancária, gastava o dinheiro que ele lhe dava e começava a tornar-se difícil dialogar com o marido. O casamento deles estava a passar por dificuldades e isso incomodava-a, preocupava-a.

De modo que, quando Rafael Gonzalez Junior ressurgiu na sua vida, entrando alegre e de surpresa no hotel Paraíso, Gabriela sentiu-se atingida por um turbilhão de emoções que acabariam por arrastá-la para uma tragédia incomensurável.

14

Seis anos e meio sem um telefonema, sem uma carta. Rafael ausentara-se aquele tempo todo sem sequer se ter dado ao trabalho de lhes transmitir uma morada onde o pudessem contactar, quanto mais não fosse, em caso de urgência por causa de alguma eventualidade mais grave no hotel. E, no entanto, surgiu-lhes de braços abertos como se viesse de umas curtas férias. E não houve lugar para recriminações, apenas uma admoestação ligeira de Gabriela, que ele afastou com o desconcertante encanto de sempre.

— Não há telefones lá em Portugal? — perguntou ela, fingindo-se apenas amuada, pois sentiu-se demasiado feliz por o ver para conseguir zangar-se a sério.

— Estive tão ocupado — justificou-se, pondo uma expressão de pesar — que perdi a noção do tempo. Vocês nem imaginam — entusiasmou-se —, aconteceram tantas coisas em Portugal. Foi uma experiência fascinante acompanhar a vida daquela terra. É um país em crise, é verdade, mas está a mudar. É uma loucura, as pessoas interessam-se pela política, não se acomodam, discutem os problemas do país, toda a gente vota!

Passaram dias a recuperar os anos deixados em suspenso. Fizeram jantares tardios preparados por Gabriela e perderam-se pelas madrugadas, desfrutando dos melhores vinhos da garrafeira do hotel, conversando horas a fio. Mário ganhou uma boa disposição que Gabriela já não se lembrava de lhe ver há meses. Ele fez questão de pôr o amigo a par de tudo o que se passara no hotel durante a ausência dele.

— Tenho as contas todas registadas até ao último tostão — disse. — E hás-de reparar que fiz periodicamente transferências bancárias para a tua conta.

— Mário, não te preocupes com isso. Eu sei que posso confiar em ti como um irmão.

E era quase assim que Mário se sentia, como se estivesse a receber um irmão mais velho. Percebia agora que a partida de Rafael o havia atingido da mesma forma que, anos antes, a morte da mãe. Pela segunda vez na vida tinha sentido aquele vazio, aquela falta de alguém que lhe transmitia a segurança de um porto de abrigo.

Numa dessas noites, depois do jantar, Rafael comunicou que tinha chegado a hora de começar a escrever o seu livro.

— Já resolvi — disse —, vou começar a escrever. Só preciso de encontrar um sítio calmo onde possa trabalhar.

— Podes escrever cá em casa — sugeriu Mário, espontaneamente.

Gabriela vinha da cozinha com os cafés e apanhou a conversa a meio.

— Escrever o quê?

— O Rafael vai começar a escrever o livro dele.

— Ah — fez Gabriela, pouco agradada com a perspectiva de ter permanentemente em casa uma pessoa de fora, por mais amiga que fosse.

— Podes usar o meu escritório — disse Mário. — Eu nunca estou lá.

— Não, não — recusou. — É melhor arranjar um cantinho onde não incomode ninguém.

— Não sejas parvo — insistiu Mário, apesar da ostensiva ausência de reacção da mulher, que continuou a servir os cafés em silêncio. — Não incomodas nada.

— É que tenho tanta papelada para organizar, anos de pesquisa acumulada... — disse Rafael, fechando os olhos, um pouco teatral, como se tivesse pela frente uma tarefa incomensurável.

— Então e o hotel? — arriscou Gabriela.

O marido não entendeu a mensagem.

— Qual hotel! — disse ele. — Usas o meu escritório e não se fala mais nisso.

— O hotel não dá. Muito movimento — gesticulou, com um charuto preso entre os dedos —, demasiadas distracções.

Mais tarde, Gabriela recriminou o marido pelo sucedido, apanhando-o desprevenido às duas da manhã, quando ficaram a sós. Gritou com ele, furiosa, por ter tomado uma decisão daquelas sem lhe ter pedido primeiro a opinião. Mário mostrou-se perplexo.

— Estás a fazer uma tempestade num copo de água — comentou, sem entender a reacção da mulher. — Mas tudo bem, amanhã digo-lhe que afinal não pode ser, invento uma desculpa qualquer.

— Inventas uma desculpa qualquer — disse Gabriela, sentida. — Ele não é estúpido, vai perceber.

— Que perceba — encolheu os ombros. — Quero lá saber.

— Mas quero eu. Eu é que vou fazer o papel de antipática.

— Então, o que é que queres que faça?

— Nada, agora deixa. Mas não voltes a tomar decisões importantes sem me dizeres primeiro.

E foi assim que Rafael se mudou, com o seu arquivo pessoal, sem que Mário tivesse a noção de que estava a empurrar o amigo para os braços da mulher.

A princípio o escritor mergulhou a fundo no trabalho. Apresentava-se lá em casa às oito da manhã. Cruzava-se com Mário quando saía do hotel e com Gabriela quando chegava a casa deles. Ela ia levar Joaquim à escola e regressava depois para dar uma arrumação à casa, antes de ir para o hotel.

Rafael fechava-se no escritório a matraquear a máquina de escrever e nem dava pela presença dela. Mas ele era uma daquelas pessoas que não aguentam muito tempo no mesmo lugar. Não estava mentalizado para a disciplina da escrita. Escrevia uma página, arrancava-a da máquina, relia-a e atirava-a para o cesto dos papéis, insatisfeito com o que escrevera. Levantava-se e andava à roda do escritório como um animal enjaulado. Ao terceiro dia abriu a porta e foi até à cozinha farejando o cheiro a café, inaugurando assim o cafezinho da manhã na companhia de Gabriela.

Tinham sido décadas a errar pelo mundo. Rafael Gonzalez Junior, órfão de pai e mãe, filho único do mundo, encantador de mulheres, viajara pelo continente espalhando charme e deixando atrás de si um rasto imenso de paixões por resolver. Dono de uma beleza requintada, esbanjador de dinheiro, disponível para cortejar, fazia lembrar um cavalheiro fora da sua época. Algo excêntrico, habituara-se à solidão e era certo que nem defronte de um pelotão de fuzilamento renunciaria aos pequenos egoísmos da vida de solteiro em troca de um lar, uma mulher certa e horários familiares. *Não*, pensava, *a mim nenhuma mulher me há-de castrar a liberdade.*

Não obstante, adorava a aventura ocasional. Incapaz de resistir ao apelo da beleza, Rafael mergulhava fundo se via uma mulher que lhe enchesse as medidas. Nesses momentos iluminava-se, inspirado pela perspectiva antecipada de a ter rendida, e era capaz de a pedir em casamento ou de lhe prometer as estrelas só para a levar onde a queria: na sua cama.

Gabriela gostava da companhia do amigo. Sentira-se magoada por o marido não a ter consultado quando o convidara para trabalhar lá em casa, mas ultrapassara essa ofensa rapidamente e agora até lhe dava prazer ter alguém com quem conversar de manhã. Com o marido era diferente, as conversas andavam à roda dos assuntos práticos do dia-a-dia e dali não saíam. Como iam longe as loucuras da juventude, quando só pensavam em divertir-se, na Madeira. Parecia-lhe que isso se passara noutra vida. Rafael, pelo contrário, não lhe falava das reclamações dos hóspedes e dos problemas dos empregados, e tinha sempre uma palavra ou um gesto simpático para ela. Fazia-a sentir-se especial.

As manhãs na cozinha tornaram-se íntimas. Falavam de assuntos aparentemente inocentes, trocavam opiniões sobre os sonhos de cada um. Ele queixava-se de que o livro não estava a correr tão bem quanto imaginara. Ela pousava-lhe a mão no ombro e animava-o. Gabriela desabafava sobre as suas aspirações por uma vida mais interessante e falava da obsessão do marido pelo hotel. Ele fazia-lhe um carinho, afastando-lhe o cabelo da face, encorajando-a, dizendo-lhe que provavelmente seria apenas uma fase e que Mário voltaria a ser como dantes.

Tacitamente, aquelas conversas, aqueles momentos, ficaram sempre entre os dois. Tanto um como o outro tinham consciência de que Mário não gostaria de saber que a mulher trocava confidências com o amigo na cozinha da sua própria casa.

Gabriela vivia dividida entre a lealdade ao marido, que já não amava — intimamente, acabara por admiti-lo, forçando--se a ser honesta consigo mesma — e a necessidade de mudar. Com o tempo, descobriu que essa mudança passava pela vontade arrebatadora de conhecer outra paixão. Que diabo, ela ainda era jovem e o seu coração dizia-lhe que a vida não tinha de ser só aquilo: um marido inteiramente dedicado ao trabalho e descuidado da família, um homem rendido ao negócio, sem ponta de romantismo. Há quanto tempo tinham eles deixado de rir, de se divertirem, de se bastarem um ao outro?

A vida tinha sido dura, era certo, mas também generosa. Então, por que é que o marido se deixara afundar naquele marasmo, como se não houvesse mais nada para além do ponto onde haviam chegado?

Voltou a acontecer, pensou Rafael. Estava sentado num banco da cozinha, com a mão esquerda apoiada no joelho e o cotovelo direito na mesa, mantendo a chávena suspensa no ar enquanto bebericava o café. De costas para ele, Gabriela ocupava-se a lavar a loiça da véspera. Depois de levar o filho à escola, pusera um vestido de algodão leve e fresco, uma roupa velha de trazer por casa. Fosse conscientemente ou não, a verdade é que o vestido deixava transparecer as formas do corpo e a roupa interior, *lingerie* preta, e ela não se preocupara com isso.

Normalmente, Gabriela vestia roupa prática, não usava maquilhagem e apanhava o cabelo; nada sensual, portanto. Não obstante, continuava a ter *tudo no sítio*, como Rafael normalmente dizia de uma mulher com os seios e as nádegas firmes e a barriga lisa. Era de baixa estatura, mas a perfeição do corpo não a deixava a perder por ser pequena.

Talvez por ela ser mulher de um amigo, talvez por estar acostumado a ter mulheres de sonho a seus pés e Gabriela não se arranjar muito, Rafael nunca *reparara* nela. Via-a como uma amiga adorável e nada mais. A presença dela tornara-se um hábito tão natural como a de uma irmã.

Sendo ele fascinado por mulheres, considerava que jamais poderia dedicar-se apenas a uma. Mário confrontara-o com a questão, uma vez, a propósito de um grupo de raparigas que ambos contemplavam enquanto bebiam cervejas indolentemente sentados numa esplanada de Caracas.

— Não tencionas casar um dia destes?

— As coisas comigo passam-se assim: de repente vejo uma mulher bonita, com tudo no sítio, sabes? com umas mamas espectaculares a chamarem por mim, e não consigo resistir-lhe. É um clique que me dá, percebes? — disse Rafael com um sorriso malandro, a revirar a ponta do bigode com dois dedos, enquanto fixava os olhos, por trás dos óculos escuros, na mesa do lado. Uma das raparigas virou a cabeça, reparou nele, riu-se timidamente e desviou de novo o olhar. — Não adianta casar com uma — concluiu —, se no dia seguinte já vou estar caído por outra.

E ali estava ele agora, na cozinha do amigo, a observar Gabriela, enfeitiçado com aquele vestido diáfano. Sentiu a boca seca. Bebeu o resto do café. Gabriela acabou de lavar a loiça, tirou as luvas de borracha, atirou-as para o lado, esticou a coluna dorida de estar dobrada sobre o lava-loiças, levou as mãos ao cabelo e retirou o elástico. Abanou a cabeça para soltar os caracóis ruivos e compridos. Fê-lo de um modo feminino, *provocante* era a palavra certa para descrever aquele movimento. Voltou-se para ele, com os magníficos caracóis em cascata caídos de uma forma graciosa em cima dos ombros e a tapar-lhe parte do rosto, e perguntou-lhe inocentemente se já tinha acabado o café, fingindo não reparar que Rafael estava com a chávena suspensa à frente da boca aberta e com os olhos esbugalhados, hipnotizado por aquele momento.

— Rafael — repetiu ela a sorrir, encostada ao lava-loiças com as mãos apoiadas no rebordo.

— Ããã?

— Já acabaste o café?

— J... já, já — gaguejou, levantando-se precipitadamente. — Deixa que eu lavo isto.

— Não lavas nada — disse Gabriela, divertida — Dá-me cá a chávena.

Deu-lhe a chávena. Gabriela voltou-lhe as costas, abriu a torneira e esperou uns segundos pela água fria para não se queimar, em silêncio, com a cabeça ligeiramente de lado, pensativa. Ele ficou ali colado a ela, fazendo tudo sem pensar. Gabriela sentiu a sua presença, sentiu o seu rosto afundando--se nos caracóis macios dela e fechou os olhos. Não fez qualquer gesto para o repelir.

Abraçou-a pelo ventre e puxou-a para trás, encostando-a ao corpo dele. Descontrolada, com o coração a bater mais depressa e as mãos a tremerem, Gabriela deixou cair a chávena no lava-loiças e inclinou a cabeça para trás, enquanto ele a beijava no pescoço e fazia as mãos subirem e envolverem firmemente os seios.

Sem uma palavra, Gabriela rodopiou no interior dos braços dele, passou-lhe os seus pelo pescoço e beijou-o avidamente, agarrando-lhe o rosto com as mãos molhadas. Em seguida saltou-lhe para o colo e as suas pernas envolveram-no, prendendo-se firmes pela cintura. Rafael quase caiu. Deu um passo para trás, embatendo com estrondo na mesa e apoiou a mão esquerda no tampo para se reequilibrar. Depois levou-a para a sala e fez aquilo que nem mesmo ele — Rafael Gonzalez Junior, macho latino encartado — sonhara alguma vez fazer. Fez amor com a mulher do seu melhor amigo.

15

Durante o resto da vida — até ao dia em que morreu fulminado por um ataque cardíaco, com a cabeça caída em cima de uma alcatifa macia no seu hotel de quatro estrelas —, Mário nunca soube precisar com exactidão o momento em que começara a suspeitar da traição. Talvez tivesse sido a sua natureza ciumenta, um sexto sentido que o alertara e o levara a investigar.

No final daquela manhã destravada, quando os seus corações voltaram ao ritmo normal e as pernas pararam de tremer, Rafael e Gabriela juraram arrependimento e prometeram não voltar a cair na tentação. Concordaram que tinha sido um deslize, um descontrolo de uma só vez. Foi uma promessa sincera, ainda que inútil, pois só não foi cumprida porque nas manhãs seguintes perceberam que estavam viciados um no outro e, quando davam por eles, já se amavam no chão da sala, depois de se terem livrado da roupa de uma forma qualquer.

Rafael sempre fora um homem sem escrúpulos em matéria de sexo. Entendia que, se uma mulher casada se entregava a seus braços, era porque o marido não cuidava dela com a atenção que porventura merecia. *Ele que se preocupe com o que tem em casa, que eu estou só de passagem*, pensava, pouco interessado nas consequências de uma tarde bem passada no seu quarto de hotel.

Normalmente, os maridos das amantes de ocasião eram puros desconhecidos e as traições, se as havia, eram delas e não mexiam com a sua consciência. Com Mário o caso era bem mais complicado. Rafael gostava dele sinceramente, como amigo. Traí-lo daquela forma arrasava-o, fazia-o sentir-se mal.

O envolvimento com Rafael não fora propriamente planeado por Gabriela, pelo menos conscientemente. Tinha sido algo decorrente da deterioração do seu casamento e uma consequência natural da ânsia que vinha crescendo dentro dela, uma vontade arrebatadora de concretizar as fantasias que lhe preenchiam o espírito cada vez com maior intensidade. Naquela manhã, na cozinha, Gabriela deixara-se ir. Dissera a si própria, *por que não?* e obtivera em troca um enorme prazer. Poder voltar a cortejar um homem, insinuar a sua feminilidade de uma forma sensual e ser recompensada por isso, tinha sido como um grito de liberdade. Costumava pensar, *quantas mulheres têm vontade de o fazer e só não o fazem por falta de coragem?* Fora até esse ponto e não se arrependera, mas quando o envolvimento começou a ganhar contornos permanentes, quando percebeu que estava a perder o controlo, a apaixonar--se, então sentiu-se culpada.

Foi por um golpe do destino que Mário ficou a saber o que se passava. Tomou consciência de um primeiro sinal de perigo ao aperceber-se de uma quase imperceptível alteração da rotina de Gabriela. Subitamente, sem qualquer justificação, ela começou a chegar ao hotel atrasada. Aparecia dez, quinze minutos mais tarde do que era costume e desabafava tantas desculpas que davam nas vistas.

Estranhamente, o seu amigo Rafael parecia ter perdido a naturalidade que lhe era tão característica. Por vezes, na presença de Gabriela, dava a impressão de a estar a evitar, criando uma distância pouco condizente com a atenção fraternal que normalmente lhe concedia.

— Aconteceu alguma coisa entre ti e o Rafael? — perguntou Mário de chofre numa noite em que inspeccionavam as mesas do pequeno-almoço do dia seguinte. Gabriela gelou.

— Entre mim e o Rafael?! — exclamou. — Não, por que é que perguntas isso? — indagou, mas teve de se virar de costas, um tudo-nada precipitadamente, para que o marido não visse que começava a corar descontroladamente.

— Por nada — respondeu, casualmente. — É que parece que ele anda a evitar-te.

— Não anda nada a evitar-me — disse ela, fingindo que ajeitava os pratos e os talheres na mesa de apoio ao pequeno--almoço. — Que disparate.

E a conversa ficou por ali. No dia seguinte Gabriela contou tudo a Rafael e avisou-o de que não era sensato esforçar-se para manter uma distância entre eles na presença do marido, porque não era normal e só servia para levantar suspeitas. E Rafael voltou a ser a mesma simpatia de sempre.

Um marido naturalmente descuidado teria passado por aquilo tudo sem perceber nada do que ia acontecendo mesmo à frente dos seus olhos. Mário Fontes não. Mário era compulsivamente ciumento, farejava os sinais de traição no ar. Na realidade, em onze anos de casados, não devia ter havido um único dia em que ela não tivesse estado com ele. O marido fazia questão de a ter por perto permanentemente. O seu único erro em mais de uma década de vigilância apertada fora oferecer a casa ao amigo. E só o fizera por confiar nele incondicionalmente.

Quando, ao regressar de Portugal, quisera apresentar-lhe as contas do hotel, Rafael afastara o assunto com um gesto despreocupado e dissera que confiava nele como num irmão. Mário levara essa declaração a sério. Tal como Rafael, Mário também nunca tinha tido irmãos nem verdadeiros amigos. Em algumas coisas, eram muito parecidos.

Levou a chave à fechadura com a mão a tremer. Eram nove e meia da manhã e Mário trazia uma desculpa na ponta da língua e um medo de morte. Inventara um motivo para voltar a casa, para o caso de estar enganado. O que o aterrava era a possibilidade de a sua suspeita se confirmar. Não saberia o que dizer nem o que fazer.

Nos últimos meses andara demasiado preocupado com o hotel, era verdade. Não dera atenção à mulher, ignorara as suas necessidades, era verdade. *Culpa minha*, reconhecia, *culpa minha, tudo culpa minha.* Gabriela chegara a pedir-lhe que se afastasse e que tirassem umas férias juntos. Respondera-lhe com brutalidade. Fora insensível. Fora estúpido, *que estúpido que foste Mário Fontes, que estúpido,* repetiu em pensamentos no carro, ainda à porta do hotel, com a chave na mão. Ficou ali uns bons dez minutos sentado, a decidir se ia ou não a casa. Esteve tão tentado a não fazer nada. *Não vais querer ver a tua mulher com o teu melhor amigo, Mário Fontes.* Pensou que talvez fosse suficiente se mudasse de atitude, se tentasse reconquistar Gabriela. *É isso,* pensou, *daqui para a frente vai tudo mudar.* Mas logo a seguir pensou: *Cobarde!* E enfiou a chave na ignição e arrancou sem admitir voltar atrás.

Abriu a porta sem fazer barulho. Entrou de soslaio, como um intruso, na sua própria casa. Esperou uns segundos na entrada à escuta, tentando captar sinais de vida. Podia ouvir o coração assustado a bater com força. Parecia que as têmporas lhe iam rebentar. Mal conseguia respirar, tal era a ansiedade. Limpou o rosto suado à manga da camisa. Fazia um calor terrível. Deu alguns passos silenciosos. Foi avançando até à sala. Estava vazia. Ouviu barulho na cozinha. Atravessou a sala de jantar em passos largos e abriu de repente a porta de mola que dava para a cozinha.

Naqueles dias, Rafael e Gabriela faziam o que podiam para ajudar Mário no hotel. A verdade é que, se por um lado o traíam, por outro empenhavam-se em compensá-lo. Gabriela gostaria de aliviá-lo no trabalho, esperançada de que assim ele voltasse a ser o que mesmo de antigamente. Secretamente, ela alimentava a ideia, um pouco irrealista, de que, mais dia menos dia, Rafael voltasse a partir, sem que isso a fizesse sofrer. Mas agora ele retomara o seu papel informal de relações públicas do Hotel Paraíso e dedicava-se novamente às ofensivas de charme junto da alta sociedade venezuelana, com o objectivo de fazer retornar a mesma clientela que, anos antes, havia feito daquele «cantinho maravilhoso» o hotel da moda em Caracas. Aparentemente, tão cedo não tencionava viajar.

Gabriela começou a pensar em falar com ele. Queria pedir-lhe que considerasse a possibilidade de fazer uma longa viagem. E quando pensava em longa viagem, queria dizer mesmo *longa*. Da última vez ausentara-se seis anos e meio, um prazo razoável para ela o esquecer e fazer o que estava certo. Dir-lhe-ia que tencionava ficar com o marido e dedicar-se ao filho. Estava apenas a pôr as ideias em ordem para ir falar com Rafael, quando o marido lhe entrou de rompante pela cozinha, provocando-lhe um grandessíssimo susto.

— Mário! — gritou, levando a mão ao peito. — Aconteceu alguma coisa? — Ele ficou ali parado, com aquele ar alterado e a cabeça a trabalhar a duzentos.

— Não, não — disse, já envergonhado por ter duvidado dela.

— Esqueci-me da minha pasta.

— Bolas — reclamou. — Parecia que vinhas apagar um fogo.

— Estava à tua procura — resmungou, a recompor-se. — Como não ouvi barulho...

— Ah — sorriu-lhe, pensando que ele estava preocupado com ela. — Que querido. Mas podias ter telefonado, que eu levava-te a pasta.

— Pois, mas estava mesmo a precisar dela. O Rafael?

— Está lá para dentro a trabalhar.

— Hum. Já acabaste isso?

— Está quase.

— Então anda, que eu levo-te.

— Está bem — disse. A conversa com Rafael teria de ficar para mais tarde, pensou Gabriela, disfarçando o nervosismo. *Que sorte, meu Deus, que sorte. Olha se ele vem noutra altura...*

Aliviado, Mário sentiu-se um homem novo. Almoçou a sós com Gabriela numa sala reservada do hotel. Há muito tempo que não faziam aquilo. Rafael telefonara. Gabriela disse ao marido que o amigo não vinha almoçar. Tinha dito que ficava em casa a trabalhar.

Depois do almoço Gabriela passou pela recepção cheia de sacos nas mãos e comunicou ao marido que ia ao sapateiro antes de ir buscar Joaquim à escola. Mário estava no lado de dentro do balcão às voltas com uns papéis e chamou-a.

— Aquela viagem à Madeira de que me falaste? — disse--lhe ao ouvido.

— Sim.

— Vamos fazê-la.

Gabriela deu um grito de alegria e quase saltou para o outro lado do balcão agarrada ao pescoço dele.

— Quando?

— Para o mês que vem. Só quero pôr a casa em ordem.

— Que bom, Mário, que bom — disse, com lágrimas nos olhos. — Agora deixa-me ir, senão não consigo fazer nada.

Gabriela voou para a rua com a cabeça nas nuvens. Mário ficou a vê-la partir, com um sorriso nos lábios.

— *Señor*! — alguém o chamou.

— Vou já — disse, voltando à realidade. Passou para o lado de fora do balcão e reparou que Gabriela se esquecera de um dos sacos. Correu para a entrada com o saco na mão, ainda viu o carro dobrar a esquina, mas já não a apanhou.

Estava tão bem disposto que decidiu, num impulso do momento, ir atrás dela para lhe entregar o saco.

— Alejandro! — gritou para o recepcionista. — Atira-me aí a chave da carrinha.

Correu para a rua, meteu-se na carrinha e acelerou.

Localizou-a três quarteirões mais à frente. Buzinou alegremente. Ela não o ouviu. Acelerou mais um pouco. Gabriela passou um cruzamento mas ele viu-se obrigado a parar no semáforo. Buzinou outra vez. Ela diminuiu a velocidade e encostou. *Já me ouviu*, animou-se Mário, *óptimo.* Mas não, Gabriela não o tinha ouvido.

E Mário sentiu uma enorme náusea de pânico com o que viu a seguir.

Estava sentado na carrinha há cinco minutos. Deixou o motor a trabalhar para usufruir do ar condicionado. Ligara-o no máximo. Lá fora deviam estar mais de trinta graus. Na carrinha fazia fresco mas Mário sentia as costas coladas ao banco. Transpirava abundantemente, tal como lhe acontecera de manhã, e não era do calor.

Do outro lado da rua havia uma pensão. A pensão Vargas. Mário fechou os olhos com a cabeça vazia. Estava sem saber o que pensar. De forma que agiu sem se preparar para o que ia descobrir.

Não haviam passado mais de vinte minutos desde que vira Rafael a entrar no carro de Gabriela. Tinham rumado directamente à pensão. Deu-lhes dez minutos. Depois saiu da carrinha, atravessou a rua e entrou na pensão. Atirou alguns bolívares ao recepcionista que dormitava atrás do balcão anestesiado com o calor, o suficiente para comprar a informação de que necessitava.

— Aqueles dois que entraram há dez minutos?

— *Si, señor.*

— Qual é o quarto?

— O número sete, *señor.*

No quarto número sete da pensão Vargas os sacos com os sapatos ficaram esquecidos no chão. Gabriela sentou-se na cama e encostou-se à almofada colocada confortavelmente ao alto na cabeceira, descalça, com as pernas estendidas. Rafael sentou-se de lado, com o braço esquerdo passado por cima das pernas dela e a mão apoiada no outro lado da cama.

— O que é que tens? — perguntou ele, preocupado. Gabriela tinha os olhos marejados de lágrimas.

— Rafael, eu não aguento mais esta situação.

— O que é que queres fazer?

— Quero acabar tudo — disse, a fungar. Ele ofereceu-lhe um lenço. Limpou o nariz e os olhos e deixou cair as mãos no regaço a segurarem o lenço. — O Mário quer levar-me à Madeira e eu disse-lhe que sim. Tu podias... — hesitou, sem coragem.

— Eu podia o quê, Gabriela?

— Tu podias... — a voz extinguiu-se-lhe. Levantou a cabeça e olhou para o tecto, desolada, enquanto respirava fundo antes de continuar. — Tu podias fazer uma viagem também.

Mário subiu a escada que conduzia ao primeiro andar, degrau a degrau, pesadamente, como se os seus pés fossem de chumbo. Fazia um calor de estufa. Não havia ar condicionado e o ambiente era abafado. Antes de chegar ao topo da escada, com os olhos ao nível do último degrau, inclinou-se para espreitar. À sua direita havia um corredor com cerca de quinze metros, vazio.

No quarto, Gabriela limpou novamente os olhos, que logo voltaram a encher-se de lágrimas.

— É isso que queres — perguntou Rafael —, que eu me vá embora?

— O que eu quero é fazer o que está certo.

— Ou seja?...

— Ou seja: ficar junto do meu marido e tomar conta do meu filho.

O corredor era estreito e com portas de ambos os lados que em tempos haviam sido brancas. Mário não se apressou. Não tinha pressa. Aquilo era algo que precisava de fazer, algo de inevitável. Pensou em si como um polícia que se preparasse para apanhar alguém muito próximo em flagrante delito e tivesse vontade de virar a cara, fazer de conta que não via. Soltou um longo suspiro e preparou-se para ir ao encontro do fim da sua vida.

Rafael assentiu, para acabar com a angústia de Gabriela.

— Ele merece o nosso sacrifício — disse nobremente. Fez-lhe uma carícia no rosto e beijou-a devagar nos lábios salgados das lágrimas.

Mário caminhou sem fazer barulho ao longo de uma alcatifa castanha, desbotada e cheia de manchas. Encontrou o número sete. Levou a mão à maçaneta e rodou-a. Não estava trancada.

O quarto era acanhado, nem sequer tinha uma janela. Mário abarcou-o todo com um simples olhar. Rafael beijava Gabriela na cama encostada à parede, à sua direita. A porta estava agora escancarada e Rafael deu um salto, surpreendido, ficando de pé, frente a frente com o amigo.

A primeira reacção de Mário foi agarrá-lo pelos colarinhos e empurrá-lo violentamente até o encurralar contra a parede do fundo.

— Mário, não! — gritou Gabriela. O grito fugiu-lhe da boca e ela tapou-a com a mão.

O braço direito de Mário entalou o pescoço de Rafael, esganando-o ao mesmo tempo que mantinha o seu rosto a centímetros da cara dele. Não disse nada, limitou-se a aumentar a pressão fitando-o directamente nos olhos. Os seus destilavam ódio.

Gabriela saltou da cama, aproximou-se deles e agarrou-se ao braço do marido. Rafael começava a ficar branco, debatendo-se inutilmente para se libertar. Mário tinha-o bem preso e continuava a exercer-lhe pressão no pescoço.

— Mário, não — repetiu Gabriela, agora num tom de voz tranquilo, como que a dizer *está tudo bem*.

Lentamente, Mário reagiu à voz dela, retomando o controlo da emoção. Cedeu à vontade de Gabriela que lhe puxava o braço com firmeza, e afrouxou a pressão no pescoço de Rafael, acabando por soltá-lo. O outro inclinou-se para a frente automaticamente, dobrando-se com as mãos nos rins e tossindo descontroladamente, lutando para absorver o máximo de oxigénio possível. Depois voltou a endireitar-se, ainda aflito, com os olhos cheios de lágrimas.

— Mário — implorou, num murmúrio rouco — tem calma. Não se passou nada. Deixa-nos explicar.

— Tu não digas nada! — gritou Mário, levantando simultaneamente um punho fechado que só se imobilizou a um palmo do rosto de Rafael. Este espalmou-se contra a parede e levantou as palmas das mãos junto ao peito, pálido, a tremer dos pés à cabeça.

Foi um momento estranho. Mário e Gabriela observaram-no ali em pânico, estupefactos, fazendo umas tréguas momentâneas, e pensaram exactamente o mesmo: *que cobarde.*

— Mário — suplicou Gabriela, aproveitando o desanuviamento da tensão. — Por amor de Deus, ouve-me por um bocadinho...

Ele olhou para ela com a alma em branco e voltou a virar-se para Rafael ainda espantado. *Se aperto mais com ele, mija-se nas calças,* foi o pensamento que lhe ocorreu. Sentiu uma desilusão profunda. «Mário», insistia Gabriela, «esquece o Rafael e ouve-me.» A voz dela soou-lhe distante. Sentiu uma desilusão tremenda. De repente, perdeu toda a admiração por Rafael. *E eu que o achava um homem extraordinário,* pensou, defraudado. *Afinal, não passa de um insecto.* E Gabriela, o que fazia ela com aquele merdas? *Também terá sido enganada?*

— Mário. — As mãos dela sacudiram-no pelos ombros, arrancando-a à letargia.

Não a deixou falar. Agarrou-a pelos pulsos e afastou-a quase com gentileza. Empurrou-a para a cama sem violência. Gabriela caiu de costas, afundando-se desajeitadamente no colchão.

— Nunca mais te quero ver à frente — disse Mário, antes de sair do quarto com os ombros em baixo, esvaziado de toda a tensão, esgotado.

E aquela foi, de facto, a última vez que Mário viu Gabriela, se bem que não tivesse havido um só dia, no resto da sua vida, em que ele não pensasse nela e não se sentisse arrasado. A partir dali, recordá-la-ia com a saudade nostálgica de um viúvo.

16

Conduziu como um sonâmbulo durante quilómetros, dirigindo-se para Caracas sem cuidar do trânsito. Andou horas ao volante sem um destino concreto. Depois de deixar a pensão, Mário saiu para a rua e atravessou-a a direito, desinteressado do perigo. Quase foi atropelado. Buzinaram-lhe e ele olhou para trás inexpressivo. Encolheu os ombros. Afinal, se tivesse morrido não seria diferente. Meteu-se na carrinha, ligou a ignição, acelerou e entrou no trânsito de qualquer maneira. Alguém travou a fundo para não chocar com ele. Mário nem reparou.

Chegou ao centro de Caracas e procurou um lugar para estacionar. Como não encontrou nenhum, abandonou a carrinha em segunda fila numa rua que, mais tarde, não saberia localizar.

Caminhou até ao anoitecer, ao acaso, pela cidade. E quando deu por si estava defronte do Hilton, onde tudo começara. Agora, arrependia-se de ter dado ouvidos a Rafael, o cliente bem falante que o enfeitiçara desde o princípio com aquela conversa *de merda* sobre os portugueses. Parecia que o estava a ouvir, «sabe que eu sou um estudioso dos portugueses?», dissera-lhe com aquele seu ar emproado.

Olhou sem ânimo para a porta do hotel. Não se sentiu tentado a entrar. A última coisa que queria naquele momento era celebrar amizades antigas com velhos conhecidos. Reparou no teatro Teresa Carreno, no outro lado da rua. Estava cansado e precisava de se sentar a pensar no que ia fazer com a sua vida. Atravessou a rua, comprou um bilhete e entrou. Sentou-se no seu lugar, aguardando que as luzes se apagassem, como uma alma penada.

Após os acontecimentos na pensão Vargas, na ressaca do choque, Mário experimentou os mais variados estados de espírito. Foi da apatia à raiva à velocidade da luz. Alimentou sórdidos sentimentos de vingança, pensou até em comprar uma pistola. *Seria tão fácil*, ponderou, *aqui compra-se uma arma num canto qualquer e mata-se por «dá cá aquela palha.» Por que não? Acabava com tudo num instante.* Pensou no filho e tornou-se mais razoável. Culpou Rafael, culpou Gabriela, culpou-se a si próprio e recuou. *Não*, pensou, *não vou responsabilizar-me pelos erros dela.*

Deu voltas e voltas à cabeça, mas acabou sempre por retornar ao mesmo ponto, a perguntar-se *porquê? O que é que eu fiz de mal para merecer isto? Só estava a lutar pela minha família, por Gabriela, pelo Joaquim, para que nunca lhes faltasse nada...* Uma lágrima involuntária escorreu-lhe pela cara abaixo. Limpou-a com raiva, sentindo uma revolta difícil de controlar.

Lentamente, foi recuperando a lucidez. *Bom, Mário,* disse de si para si, *chega de teres pena de ti próprio* e começou a planear o futuro. Finalmente, quando o pano caiu, chegou a uma conclusão. Levantou-se decidido e saiu para a rua com o coração de pedra. Agora já sabia exactamente o que ia fazer a seguir.

Arranjou um quarto num hotel modesto onde passou a noite. Pagou de imediato, recebeu a chave e subiu sem se interessar pelas indicações do recepcionista. Caiu vestido na cama e adormeceu de imediato.

Na manhã seguinte acordou automaticamente às sete, como sempre. Só que desta vez — a primeira em quase sete anos — não iria para o Hotel Paraíso. Mário nem sequer estranhou o quarto desconhecido. Sentiu a cabeça desanuviada do drama que o consumira durante horas no dia anterior. Naquela altura já só pensava nos aspectos práticos do dia.

Tomou um duche de água fria, vestiu-se e deixou o hotel. Como não foi capaz de se lembrar onde largara a carrinha, apanhou um táxi. De qualquer forma, o mais provável era já não estar no lugar onde a abandonara. Passou por uma loja a comprar uma pasta de executivo e, dali, foi directo ao banco. Pediu ao motorista do táxi que o aguardasse.

— Quero levantar o dinheiro da minha conta — comunicou ao *caixa*, preparando um cheque. O funcionário consultou o saldo e devolveu-lhe uma expressão abismada.

— Todo?

— Todo — retorquiu. Era muito dinheiro, uma fortuna acumulada em anos e anos de poupança. Mário já imaginava o que vinha a seguir.

— É só um instante — disse o homem. E foi chamar o gerente porque aquilo era de mais para ele.

— Bom dia, cavalheiro. — Veio o gerente, cheio de delicadezas matreiras. — Posso convidá-lo para um cafezinho?

— Não, obrigado. — Mário foi seco. — Quero fechar a minha conta e estou com pressa. Por isso, se não se importa...

— Com certeza, *señor* — rendeu-se. — Se não quer reconsiderar...

— Não, não quero — exibiu-lhe um sorriso ostensivamente forçado. O gerente percebeu a mensagem e estalou os dedos para o *caixa*.

— Trate disso, rápido.

Terminada a operação, Mário regressou ao táxi e ordenou ao motorista que seguisse para Vargas.

Entrou no colégio do filho ao meio-dia e mandou chamá-lo com a desculpa de que pretendia levá-lo para almoçar em casa. Joaquim ficou radiante por o ver.

— Onde é que vamos, pai? — quis saber a criança. Mário teve o cuidado de o receber com naturalidade. Nada de emoções exageradas.

— Vamos a um sítio. — Piscou-lhe um olho cúmplice. Já no táxi, deu nova indicação ao motorista.

— Para Maiquetia — disse.

— Pai? — chamou Joaquim.

— Sim?

— Onde é que vamos? — insistiu o miúdo. Mário fez-lhe uma festa na cabeça e despenteou-o na brincadeira.

— Vamos andar de avião.

— Vamos?! — reagiu Joaquim, excitadíssimo.

— Vamos.

— E a mãe — perguntou logo —, não vem?

— A mãe não. — disse Mário. Depois voltou a cara, concentrando-se na paisagem, para que o filho não lhe detectasse a tristeza nos olhos.

PARTE DOIS

17

— O meu novo namorado é um bocado esquisito — comentou Carlota, a saborear indolentemente um bocado de gelado agarrado à colher como um chupa-chupa. — Levanta-se a meio da noite para fazer a barba e volta para a cama.

As outras três mulheres desmancharam-se a rir. Carlota era uma jeitosa de 25 anos que sabia aproveitar o esplendoroso cabelo louro — verdadeiro —, os olhos azuis muito expressivos e a figura elegante para manipular as chefias do jornal a seu favor.

— Carlota — disse a pachorrenta Margarida —, estamos em 2002. O teu namorado não é esquisito, é organizado. Deita-se contigo, dá-te uma queca, adormece, acorda a meio da noite para fazer a barba, vai dormir mais um bocadinho e volta a acordar bem cedinho para chegar ao escritório antes do chefe.

— É — disse Luísa, carregadinha de cinismo. — É dinâmico. Tem um grande futuro.

— Não sejas invejosa — atirou-lhe Carlota.

— Lá porque não tens um namorado que te dê uma queca todas as noites... — provocou-a Margarida.

— E tu tens, não? — reagiu Luísa, mordendo o isco.

— Eu não — admitiu —, mas se apanhar o namorado da Carlota a jeito...

— Vai sonhado, filha, vai sonhando — respondeu-lhe Carlota. Margarida gostava de deixar cair provocações umas a seguir às outras. Era a única do grupo que vivia em guerra com uns quilitos a mais. Usava roupas largas e camisolas à cintura para disfarçar a gordura que a atormentava. As outras exibiam corpos publicitários.

Alice Horta estava ali por causa de Margarida, que a arrastara a seguir ao trabalho. «Anda lá connosco, comer um geladinho ao Parque das Nações», insistira, apesar de Alice ter dito que estava cansada e só lhe apetecia ir para casa. Margarida era uma querida, a sua única verdadeira amiga naquela mesa, mas às vezes tornava-se um bocado chatinha. Não aceitava facilmente um *não* como resposta.

Fingiu que acompanhava a conversa, rindo-se quando as outras se riam só para não ser desagradável. Ali da esplanada podia ver a ponte Vasco da Gama e o rio Tejo a correr como um cordeirinho. O sol do fim da tarde reflectia-se na água fazendo maravilhosos reflexos prateados. Hoje o rio estava em paz. Alice deixou-se ficar assim, a contemplar o Tejo em êxtase, bebericando uma *Coca-Cola* cheia de gelo, enquanto as outras se divertiam a fazer comentários sobre os namorados, ou sobre a falta deles.

Alice também não tinha namorado. Sentia a falta de um amor que a *desencalhasse* daquele impasse em que se tornara a sua vida. Às vezes sentia tanto a necessidade de alguém que até doía. No jornal, tivera dois casos em dois anos. Um primeiro, logo no início do estágio. Podia dizer-se que fora *agarrada* por um sénior. António, 38 anos, redactor principal. Do género, *olha carne fresca.* Deixara-se enganar pela conversa experiente dele e acabara por sofrer as consequências. Duas semanas maravilhosas, até ela aceitar ir para a cama com ele. Depois acabara-se tudo, tão depressa como começara. Não demorara muito tempo a perceber que já toda a redacção sabia do caso. Margarida fora a única que lhe dera a mão. Margarida já estava com dez anos de jornalismo em cima e cinco naquela redacção. Conhecia bem os cantos à casa. Explicara-lhe que

António gostava de «molhar a sopa» nas estagiárias. «Molhar a sopa», tinha sido a expressão usada por ela. De modo que Alice não passara de mais um *troféu* para ele exibir à redacção. Nunca se sentira tão humilhada.

O segundo caso, mais recente, durara dois meses. Outro jornalista, outro fracasso. Chamava-se Pedro, tinha 40 anos e continuava caidinho por ela. Dessa vez a culpa tinha sido dela. Alice acabara tudo ainda antes de se desinteressar dele. Fora uma estupidez, reconhecia. E não fora a primeira *estupidez* do género que ela cometera com outros namorados de curta duração.

Alice não conseguia manter uma relação durante muito tempo. Acabava sempre por estragar tudo. Já deixara alguns ódios para trás. António fora o primeiro que a fizera provar do mesmo que ela se habituara a dar aos outros. *Alguma vez teria de me acontecer a mim*, pensara, profundamente magoada, na altura.

Mas Alice não se limitava a descartar-se dos namorados com a indiferença maldosa de quem andava a coleccionar troféus. *Antes fosse só isso*, dissera a si mesma, desfeita em lágrimas, uma noite há dois anos atrás, sentada na mesa redonda da sala do seu T-1 recém-alugado, com um copo de leite na mão às duas horas de uma madrugada solitária. Alice fazia-o porque entrava em pânico.

Em tempos tivera a mãe para a apoiar. Mas isso fora antes de a mãe morrer e de ela trocar o Porto por Lisboa. Agora estava sozinha no mundo, sem família, e se não fosse o trabalho para a manter ocupada e o jornal, que a permitia sentir que fazia parte de alguma coisa, já teria enlouquecido.

Se ao menos o pai não tivesse perdido a vida naquele maldito acidente. Se ele não tivesse escolhido aquele dia fatídico para fazer a viagem de comboio, Alice tinha a certeza de que tudo teria sido diferente. Talvez até tivesse um ou mais irmãos e hoje em dia não precisasse do jornal para fingir que tinha uma família. *Que coisa mais patética*, acabava a recriminar-se, quando se descobria a chorar na solidão do seu apartamento por não aguentar mais a tristeza que a consumia devagarinho, implacavelmente.

O telemóvel começou a tocar dentro da mala, arrancando Alice à letargia dos seus pensamentos do costume. As outras três interromperam o que estavam a dizer para se fixarem nela. Enfiou a mão na mala, uma espécie de mochila prática, e pescou o telemóvel puxando-o pelo fio do auricular que ultimamente começara a usar por ter ouvido dizer que a poupava às radiações.

— É o Xavier — comunicou, depois de ler o nome no visor do telemóvel. Xavier era o chefe de redacção.

— Não atendas — avisou-a Carlota. — Vai lixar-te com trabalho. — *Pois, está bem,* pensou Alice, *para tu me denunciares na primeira oportunidade.* Atendeu.

— Olá, menina — ouviu Xavier dizer. — Tenho trabalho para ti.

— Nem penses. São oito e meia da tarde de sexta-feira e eu já estou de fim de semana.

— Eu sei, querida, mas é uma urgência e eu não tenho mais ninguém a quem recorrer.

— O que é que se passa? — resignou-se Alice. Xavier telefonava-lhe sempre naquelas situações, pois sabia perfeitamente que ela estava disponível. Mulher de 25 anos, solteira e sem namorado, vinda do Porto e a viver sozinha em Lisboa. Xavier já a topara há séculos.

— Temos um maluco em Sacavém, pendurado numa janela com uma criança ao colo.

— Oh, Xavier!

— Eu sei, querida... — Silêncio.

— Xavier — imitou a entoação de uma criança a implorar.

— Vá lá, Alicinha.

— Está bem — encolheu os ombros. Margarida rolou os olhos, como quem diz *és um caso perdido.* — Qual é a morada?

— perguntou Alice. *Antes uma desgraça alheia do que ir para casa chorar por causa dos meus dramas pessoais*, pensou Alice. A alternativa era ficar a aturar Margarida e as outras a lamuriarem-se e a dizerem mal dos homens durante a noite inteira. As outras duas, porque Carlota iria encontrar-se com o namorado e aproveitar o fim-de-semana.

O homem estava tal e qual como Xavier o descrevera: sentado no parapeito da janela de um terceiro andar com uma criança ao colo, que não deveria ter mais de dois anos. Havia polícia por todos os lados. E havia as televisões, os fotógrafos e os vizinhos embasbacados a acompanharem todos os segundos do drama.

Alice procurou o seu fotógrafo. Ele tinha vindo à frente, directamente do jornal, enquanto ela apanhara um táxi. Viu alguns *flashes* ocasionais, mesmo em frente à janela onde se concentravam todos os olhos, mas a uma distância considerável, do outro lado da rua. Os polícias mantinham os jornalistas atrás de uma linha imaginária. De qualquer forma, também não havia problema. Tanto para os fotógrafos como para os repórteres de imagem das televisões era preferível aquela posição, pois perderiam o ângulo para registar convenientemente tudo que se passasse naquela janela se estivessem demasiado próximos do prédio.

— Alice! — Acenaram-lhe. Reconheceu o fotógrafo e aproximou-se rapidamente do grupo que se aglomerava ali em frente. Todos jornalistas.

— Fernando, então, como é que estão as coisas?

— Está para ali pendurado. — Fez um gesto de cabeça na direcção da janela.

— Qual é o problema dele?

— Oh — encolheu os ombros —, o costume. — Fernando não era um grande conversador.

— Fernando?

— Hum?

— O que é que é o costume?

— Quer ficar com o filho e a mulher não deixa.

— Que estranho — ironizou Alice. — Não se percebe porquê.

— Pois — fez um esgar parecido com um sorriso.

— Falaste com a polícia?

— Não, mas já ouvi aí uns zunzuns de que o maluco lá de cima pediu para falar com um tipo qualquer da televisão.

— Porquê?!

— O gajo disse que só se entrega depois de dar uma entrevista à televisão.

— É sempre a mesma merda — rosnou Alice, furiosa. — Eu já venho.

O oficial da PSP encarregado de dirigir a operação policial negociava discretamente com o jornalista da televisão as condições para deixar subir a equipa de reportagem. Alice reconheceu o repórter, um velho conhecido das lides. Chamava-se Carlos Manuel e Alice ficou ainda mais irritada quando o viu. Aquele não lhe facilitaria a vida. Foi-se aproximando deles.

O graduado olhou para Alice de lado, com cara de poucos amigos, mas não disse nada. Alice estudou-o. Andaria na casa dos quarenta, do género habituado a exercer a autoridade. Ela não disse nada, calculando que o tipo deveria ser daqueles que a princípio gostavam de falar pouco, não dar confiança, mas que ao fim de meia hora de conversa acabavam por se revelar uma simpatia. Optou por não forçar nada, com medo que ele a mandasse embora.

Acenou ao repórter com familiaridade cúmplice e este devolveu-lhe um cumprimento vago.

— Agora está na moda estes números — comentou o oficial, sem falar para ninguém em concreto, enquanto observava o tipo sentado no parapeito lá em cima. — Vêem os outros na televisão e repetem a graça. E depois a gente é que leva com eles.

— Não é a televisão que os torna malucos — defendeu-se Carlos Manuel. — Nós só os mostramos, não lhes dizemos para se pendurarem nas janelas.

— É o suficiente — suspirou o oficial, falando como se estivesse a pensar alto, entretido a cofiar o bigode grisalho.

— Oh, comandante — protestou o repórter —, sabe bem que há montes de casos destes, só que antes a televisão não falava deles. Hoje em dia a televisão é que tem a culpa de tudo.

O comandante não quis continuar a discussão. Pôs-se a observar os agentes no terreno com uma expressão vazia, fingindo que estudava a situação, dando um tempo antes de oficializar o que já estava mais que decidido na sua cabeça.

— Eu levo-vos lá a cima — disse finalmente, com um dedo autoritário em riste. — Mas atenção. Vocês fazem exactamente o que eu vos disser. E se a situação se tornar perigosa, descem imediatamente. — Este *vocês* referia-se ao jornalista e ao repórter de imagem, percebeu logo Alice.

— Tudo bem — concordou Carlos Manuel. — Mas só vamos com uma condição. Só nós os dois é que entramos no apartamento.

— Nem pensar nisso — retorquiu o oficial, com um ligeiro e fugaz sorriso de desprezo a passar-lhe pelo canto da boca. — Se eu acabei de lhe dizer que não quero que vocês corram riscos! Aliás, ou entram acompanhados ou nem sequer passam da entrada. Fazem a entrevista ali mesmo, só para o tipo dizer o que tem a dizer e mais nada.

— Então — disse — tem de me prometer que os seus homens não fazem rigorosamente nada para apanhar o homem enquanto nós lá estivermos. Nós não vamos servir de isco para o apanhar. Isto tem de ficar bem claro.

— De acordo. Limitamo-nos a negociar com ele.

— Garante-me isso?

— Oh, homem! — irritou-se. — Estou a dar-lhe a minha palavra, o que é que quer mais?

— Tudo bem. — Ergueu as mãos em sinal de apaziguamento.

— Tudo bem.

— Espere aqui — disse o oficial, dando meia volta e afas-
tando-se. Alice aproveitou a deixa para tentar a sua sorte.

— Carlos Manuel, deixa-me ir convosco — pediu. O outro
pôs-se tristonho.

— Eu, por mim, até te deixava ir — mentiu — mas
ouviste o que ele disse — apontou com o queixo para as costas
do agente. — Não vamos correr riscos.

— Vá lá — insistiu Alice —, eu fico atrás de vocês todos.
Não há risco nenhum.

— Alice... — abanou negativamente a cabeça, com uma
expressão desolada.

— Tudo bem — disse Alice. *Obrigadinho por nada, filho da
puta*, foi-se embora a pensar. *Hás-de cá vir bater e logo verás a
resposta.*

O cerco da polícia não abrangia o prédio fronteiro e Alice
aproveitou a oportunidade. Não ia ficar ali parada a ver o
outro ficar com o exclusivo de mão beijada. Foi ter com
duas mulheres em roupão à entrada do prédio. As vizinhas
afligiam-se de braços cruzados e com o drama na ponta da
língua.

— Boa noite — meteu conversa. — As senhoras, por acaso
não conhecem aquele homem? — apontou com o polegar para
trás das costas.

— Oh, filha — gemeu uma delas — se conhecemos...

— E a mãe da criança — concentrou-se na mulher que lhe
pareceu mais desinibida —, sabe onde ela está?

— Olhe, eu só sei que ela estava para a casa da mãe. Tinha
levado para lá o menino por causa do marido, que lhe faz a
vida negra. Mas parece que depois o pai foi lá buscá-lo para o
levar a passear. Agora, se a polícia já a foi chamar ou se prefere
que nem apareça para ver esta desgraça, isso já não sei. Coita-

dinha. — A mulher fez uma careta de sofrimento e a outra acompanhou-a a dizer que sim com a cabeça. — É uma rapariga tão boazinha.

— O vosso prédio dá para as traseiras daquele? — perguntou Alice, a olhar interessada para o interior.

— Dá, dá. E até tem uma escada de salvação.

— A polícia está lá atrás?

— Não, mas já lá andaram.

— Posso dar uma vista de olhos?

— Pode menina. Vá lá fazer o seu trabalho.

Nesse instante, o homem começou a gritar, tomado por uma variação de humor súbita que apanhou toda a gente de surpresa. E agitou-se perigosamente no parapeito da janela, ameaçando saltar a qualquer segundo.

A tensão subiu em flecha.

Alertada pela agitação, Alice recuou até meio da rua de forma a conseguir ver o que se passava lá em cima. E o que viu deixou-a sem um pingo de sangue.

O homem levantou o filho no ar, como se o fosse deixar cair no vazio. «Eu salto! Eu vou saltar!» gritou repetida e descontroladamente.

Os fotógrafos dispararam as máquinas e os repórteres de imagem apontaram as câmaras. Mas o perigo foi tão evidente que ninguém se atreveu a usar luzes ou *flashes*, com receio de incentivar o suicida.

O homem abanou o filho. Lá debaixo parecia um boneco sem importância, até começar a chorar, enervando ainda mais o pai.

O comandante da polícia arrancou um megafone das mãos de um subordinado e começou a falar sem parar, dizendo palavras de apaziguamento.

Fora de si, o homem abafou com o seu desespero os apelos que vinham de baixo. «Eu vou saltar!» continuou a ameaçar. Alice fechou os olhos. *Não quero ver isto*, pensou, horrorizada.

Fernando, como os outros profissionais da imagem, continuou a fotografar. Era o seu momento de agir e não podia permitir-se o luxo de se deixar impressionar ao ponto de ficar paralisado.

As mãos continuaram a agitar a criança. O pai, indiferente ao perigo, já não se agarrava a nada.

Impressionadas, as pessoas rezaram para que ele não se mexesse demasiado, para que não perdesse o equilíbrio.

Alice voltou a abrir os olhos, fascinada, hipnotizada pelo perigo iminente, sem conseguir tirar os olhos daquela janela.

Os jornalistas, os polícias, os vizinhos, ficaram pendentes da tragédia que poderia acontecer a qualquer instante. Todos unidos pela contemplação irresistível da atracção pelo abismo. E se fosse possível ouvir os pensamentos daquelas pessoas, escutar-se-ia um coro afinado de apelos a repetirem *não largues a criança. Por favor, não largues a criança.*

E então, sem mais nem menos, ele parou de gritar.

Na rua, toda a gente lhe seguiu o exemplo, ficando na expectativa, tentando desesperadamente perceber o que se passava na cabeça daquele homem perturbado.

Como se fosse um milagre, começou a ouvir-se o som ténue do que parecia um telefone a chamar. Ouviu-se o som impávido, insistente, da campainha no terceiro andar.

Foi um momento irreal. O homem recolheu o filho nos braços, embalou-o com carinho, sossegando-o até deixar de chorar. Passou uma perna para dentro, rodou sobre si mesmo no parapeito, passou a outra perna e desapareceu no interior do apartamento. Foi atender o telefone, cedendo ao apelo de alguém que tentava comunicar com ele, talvez pensando que fosse uma voz amiga que o quisesse ajudar. Ou achando simplesmente que se tratava de um desafio a que não conseguiu resistir. Ou até — quem saberia dizer? — por mera curiosidade.

Alice reparou que o comandante trocou o megafone por um telemóvel.

Estava um silêncio sepulcral na rua. As pessoas permaneceram mudas, motivadas por um impulso natural que as levou a porem-se à escuta.

O comandante falou ao telemóvel num tom calmo e agradável. Mas ninguém, a mais de dois metros, conseguiu ouvir o que dizia. De forma que a rua ficou pendente de um sussurrar imperceptível.

Alice reparou no zumbido de um candeeiro com defeito. Alguém tossiu. Conseguiu imaginar o comandante a falar pausadamente, oferecendo-se para subir com a equipa de televisão, fazendo promessas, não dizendo que não a nada, transmitindo confiança.

Segundos depois o comandante fez sinal à equipa de televisão e avançou para a porta do prédio sem parar de falar ao telemóvel.

Os outros repórteres, barrados pelos agentes, protestaram com gritos surdos. Reclamaram em voz baixa mas irritada.

O comandante ignorou-os.

Alice recuperou o sangue-frio. Era altura de fazer alguma coisa a seu favor, pensou.

Passou pelo pequeno átrio da entrada do prédio vizinho e seguiu por um corredor estreito que conduzia às traseiras. Alice abriu uma porta e descobriu que dava para um pequeno pátio. Imobilizou-se à espera que os seus olhos se habituassem à escuridão. Começou a perceber os contornos de uma fila de vasos com plantas encostados ao muro que rodeava o pátio, formando um quadrado exíguo.

Não havia qualquer passagem para o pátio do prédio à esquerda. O muro deveria ter um metro de altura. Alice nem pensou duas vezes, saltou para o outro lado, abençoando a roupa prática que trazia vestida. Calças de ganga, sapatos de ténis e uma camisola que lhe permitia total liberdade de movimentos. Alice não fazia desporto mas também não fumava e era suficientemente leve e ágil para conseguir ultrapassar qualquer obstáculo sem esforço.

Subiu a escada de salvação, saltando os degraus aos dois e dois, demasiado excitada com a perspectiva do que ia encontrar lá em cima para se preocupar com o facto da estrutura ser um monte de ferro-velho que abanava anormalmente a cada movimento.

Alcançou o terceiro andar em segundos. Cautelosa, observou a porta de ferro com vidros opacos que dava para a cozinha. A luz estava acesa mas Alice reparou que não havia qualquer movimento no interior. Tentou abrir a porta. Trancada.

À esquerda havia um quarto, também iluminado. Alice esgueirou-se para espreitar pela janela. Mas antes de o fazer ponderou os riscos. Engoliu em seco. Pensou que se fosse surpreendida, poderia ver-se em sérios apuros, ou colocar a criança em perigo. Mas já chegara àquele ponto e agora ser--lhe-ia impossível virar costas e voltar a descer sem verificar o que havia para lá daquela janela.

Deslizou encostada à parede até ao extremo da janela. Reparou que se tratava de uma janela de guilhotina com os vidros sujos e a tinta da madeira a descascar-se. O parapeito dava-lhe pela cintura, de forma que se dobrou para não se expor demasiado e poder espreitar só com um olho pelo canto da janela. Quando o fez, Alice foi incapaz de conter uma exclamação abafada pela própria mão, levada instintivamente à boca aberta de genuíno espanto.

Era nestas alturas que um repórter precisava de ter o treino necessário para agir sem hesitar — se bem que aquela situação ultrapassasse em muito a missão de qualquer jornalista. Alice estava prestes a deixar de ser uma simples observadora para se tornar parte dos acontecimentos, a menos que não interferisse. Mas como poderia não o fazer?

Encostada à parede, de cócoras, fechou os olhos enquanto pensava em voz baixa. «E agora, Alice? O que é que vais fazer?»

Ponderou a hipótese de descer para pedir ajuda, ou de usar o telemóvel. Os segundos passavam. Concluiu que não poderia esperar por ninguém. Limpou o suor da testa com as costas da mão. Voltou a espreitar. Lá dentro nada se alterara. Experimentou a janela. Descobriu que não estava trancada. E mesmo que estivesse, não seria difícil forçá-la.

Alice estudou a situação. Parecia tudo demasiado fácil para ser verdade. Ali estava a criança, sentada numa cama de grades, entretida a brincar com um boneco, sozinha e sossegada. Alice reparou na chave da porta do quarto enfiada na fechadura.

Calculou que não lhe demoraria mais do que alguns segundos abrir a janela, saltar para dentro do quarto, atravessá-lo e trancar a porta. Por outro lado, poderia dar-se o caso de ter o azar de o pai entrar no quarto no exacto momento em que ela estivesse a introduzir-se no interior. E isso, pensou Alice, não seria bom. Mesmo nada bom.

Mas não resistiu à tentação.

Depois de dar a volta à chave, Alice encostou um ouvido à porta. Escutou alguém a falar, mas não conseguiu perceber o que dizia. Como era só uma voz concluiu que o homem continuava ao telefone. Calculou que teria alguns minutos de liberdade para agir.

Dirigiu-se com o coração aos pulos para a cama de grades. Não sabia como a criança iria reagir à presença de uma estranha.

Antes de se aventurar a pegar no menino ao colo sorriu-lhe, falou-lhe em voz baixa e brincou um pouco com ele. Em resposta, o rosto do pequeno abriu-se num agradável sorriso. *És um miúdo simpático*, pensou, aliviada. *Então vamos lá dar uma volta, que não temos mais tempo para estarmos com brincadeiras.*

Enfiou-lhe uma chucha na boca, deu-lhe uma fralda de pano e puxou-o delicadamente para ela. A mão esquerda deslizou até à cintura e sacou o telemóvel que trazia num estojo preso ao cinto das calças.

Marcou o 112.

— Sou jornalista e vou sair pelas traseiras com a criança raptada pelo pai num prédio de Sacavém — sussurrou ao interlocutor. — Avise a polícia.

Desligou. Procurou o nome do seu fotógrafo na memória do telemóvel e carregou no botão. Repetiu a informação e desligou.

Segundos depois estava a descer a escada de salvação.

O oficial que chefiava a força policial foi informado do que se passava quando se preparava para convidar o homem a abrir a porta da frente do apartamento e permitir a entrada da equipa de televisão. Percebeu imediatamente que tinha sido ultrapassado. Uma irritação tremenda apossou-se dele, ao ponto de corar até à raiz dos cabelos. Já estava a imaginar as manchetes dos jornais no dia seguinte: «Jornalista salva criança», ou: «Jornalista faz o trabalho da polícia», ou outra *merda* do género que o ia deixar ficar mal visto de certeza absoluta.

— Muito bem — disse. — Vamos acabar com esta merda de vez. Levem daqui a equipa da televisão.

— Então e a nossa combinação?! — exclamou Carlos Manuel, incrédulo.

— Você não vai querer ser usado — respondeu-lhe secamente.

Fernando estava a postos com a máquina e disparou vários *flashes*, registando o momento em que Alice entregava o menino a um agente da PSP. Ela passou-o para as mãos do polícia por cima do muro que separava as traseira dos dois prédios.

No terceiro andar, o comandante falou ao telemóvel com o pai da criança.

— Abra a porta — disse-lhe. — Vou deixar entrar a televisão.

Carlos Manuel e o seu repórter de imagem estavam nesse preciso momento a sair para a rua, escoltados por um agente.

Lá em cima, o homem abriu ligeiramente a porta e espreitou por uma fresta.

Um agente, escondido nos degraus da escada ao lado da porta, saltou repentinamente e empurrou-a violentamente, derrubando o homem. Outros agentes irromperam pelo apartamento e dominaram o homem sem dificuldade.

No átrio de entrada do prédio vizinho, Fernando voltou a fotografar, desta vez a mãe em lágrimas a receber a criança dos braços do agente. *Afinal, sempre estavas cá,* pensou Alice, enternecida com a cena.

Em seguida Fernando correu para a entrada do outro prédio ainda a tempo de apanhar o momento em que o pai raptor saía algemado e rodeado de agentes.

— Alice! — Ela virou-se para ver quem a chamava e reconheceu Carlos Manuel. Foi incapaz de conter um sorriso de triunfo. O outro esforçou-se para desfazer a crispação que trazia agarrada ao rosto.

— Chegaste a entrevistá-lo? — perguntou ela, fazendo-se inocente.

— Não — disse ele. — Parece que chegaste primeiro, não foi?

— Parece que sim — encolheu os ombros.

— Alice.

— Sim?

— Já que és a heroína da história, anda até ali para me contares para a câmara como é que as coisas se passaram.

— Carlos Manuel... — abanou negativamente a cabeça, com uma expressão desolada.

18

A sala do ministério dos Negócios Estrangeiros onde iria decorrer a conferência de imprensa estava pronta para receber os chefes das diplomacias de Portugal e Angola. Joaquim Fontes deu uma última olhadela só para ter a certeza de que não lhe havia escapado nada. A sala teria cerca de quinze metros de comprimento, preenchidos com várias filas de cadeiras para os jornalistas. Havia uma mesa longa, de madeira, no topo, onde se iriam sentar os dois ministros. Uma tapeçaria magnífica ocupava a parede atrás deles. Era um ambiente espartano, mas de muito bom gosto.

Joaquim alisou nervosamente o casaco e compôs o nó da gravata. Vestia um fato cinzento de excelente corte, uma camisa azul-clara lisa e uma gravata cor de vinho com pequenos brasões. Roupa clássica, discreta e irrepreensível, como convinha a um diplomata de carreira.

Como assessor do ministro, Joaquim Fontes tinha a missão de lhe preparar o *terreno* para que nada corresse mal, quer fosse uma conferência de imprensa, um banquete oficial ou a preparação de alguma visita ao estrangeiro.

A sala pareceu-lhe em ordem. Olhou para o relógio. Quinze para as dez. Estava na hora de ir buscar os jornalistas.

Os ministros entraram na sala às dez em ponto e já tinham a plateia com a imprensa pronta para ouvir as declarações. As luzes das televisões acenderam-se e Joaquim *apagou-se*, remetendo-se a um canto da sala. Ficou de pé, de braços cruzados e costas direitas, esperando que o evento seguisse o seu curso normal.

Alice Horta sentara-se na terceira fila com um caderninho em cima do joelho e uma caneta na mão esquerda, que ia rabiscando frases rápidas à medida que os ministros falavam.

Joaquim distraiu-se a observá-la. Reparou que era canhota e usava uns óculos pequenos, ovais, para ver ao perto.

Achou-a bonita. Nada espampanante, mas de uma beleza serena. Sabia quem ela era e já lera artigos seus, mas só a conheceu pessoalmente naquela manhã.

— Parabéns pela sua história da criança — disse-lhe, antes da conferência de imprensa.

— Obrigada — agradeceu Alice, orgulhosa com o cumprimento. A sua fotografia a passar a criança ao polícia por cima do muro tinha sido publicada na primeira página.

— Sabe que eu tenho uma história parecida — disse Joaquim, deixando cair a revelação algo enigmaticamente.

— Como assim? — admirou-se.

— É uma história comprida — sorriu. — Um dia destes conto-lha.

Alice ficou curiosa. Mais do que curiosa, Alice ficou baralhadíssima. Não estava habituada a receber elogios de desconhecidos. Ela considerava-se a timidez em pessoa e quando se olhava ao espelho, não via nada de especial. Fisicamente, Alice achava que não passava da mediania. Tinha aquele complexo irritante que a fazia sentir-se estupidamente inferior. Andava sempre a lutar contra esse tipo de sentimento, dizia a si própria que não havia razão para ser menos do que os outros, mas aquilo era mais forte do que ela. As relações humanas não eram o seu forte, de maneira que tentava compensar essa fragilidade afirmando-se profissionalmente. Às vezes conseguia superar-se, esquecia os complexos que lhe emperravam o espírito, enfrentava tudo e todos e cortava a direito. Nesses momentos transformava-se, impulsionada pela adrenalina e pela vontade de vencer. Eram momentos fugazes, como o da reportagem da criança raptada, que lhe faziam bem ao ego. Depois assumia novamente a sua personalidade normal, regressava ao seu cantinho, onde se sentia segura.

Aquele funcionário dos Negócios Estrangeiros, de quem nem sequer sabia o nome, surpreendera-a. Alice perguntou a outra jornalista como é que ele se chamava. Joaquim Fontes. Alice percebeu que ele fizera de propósito para falar um minuto com ela à parte. Um minuto para derramar sobre ela um elogio charmoso e uma declaração enigmática que a deixou a pensar.

Joaquim dissera-lhe aquela frase: «Sabe que eu tenho uma história parecida», mas depois não permitira que o assunto fosse aprofundado. Desviara os olhos dela e pedira em voz alta aos jornalistas presentes que o acompanhassem até à sala da conferência de imprensa. Seguira-se o pequeno bulício das pessoas a agarrarem no material e a dirigirem-se para a saída da sala de espera, e assim se perdera a oportunidade de continuarem a conversa.

Os ministros fizeram duas curtas declarações antes de se disponibilizarem para responder às perguntas dos jornalistas. Alice tomou algumas notas. A mão foi escrevendo automaticamente o que os ouvidos escutavam, mas a memória não registou uma única ideia, pois estava com a cabeça nas nuvens. Não conseguiu deixar de pensar em Joaquim.

Por sua vez, Joaquim teve dificuldade em despegar os olhos dela. Tentou manter uma atitude profissional. Concentrou-se na mesa dos ministros, deu um resposta rápida à solicitação ocasional de um funcionário, mas voltou sempre a observar Alice, sentada na plateia. Os olhos dele pareciam atraídos por um íman para a terceira fila.

Alice levantou a cabeça. Um pouco à frente, à esquerda, surpreendeu-o a olhar para ela. Joaquim sorriu-lhe e voltou-se para os ministros, deixando-a ainda mais baralhada. *Mas quem é este tipo?!*, empolgou-se com o jogo de olhos.

— Está tudo bem? — perguntou Joaquim. A conferência de imprensa tinha terminado, os ministros haviam deixado a sala e ele foi-se aproximando de Alice, em vez de os seguir.

— Tudo óptimo — retorquiu Alice, já de pé, a arrumar o caderninho na mochila. — Se bem que não saiba muito bem o que vou escrever disto. Estas conferências de imprensa são sempre tão vazias...

— Hum, também não é assim. As relações com Angola têm sempre alguma polémica para explorar. Há a guerra, Cabinda, os raptos de portugueses.

— Sim, claro — encolheu os ombros. — Ouça lá — cerrou os olhos, brincalhona —, escusa de estar a vender o seu peixe, que eu hei-de escrever alguma coisa.

— Deixe-me dizer-lhe um segredo. — Joaquim inclinou-se ligeiramente para a frente, com os braços cruzados, aproximando a boca do ouvido dela. — Eu sou um funcionário dos Negócios Estrangeiros — sussurrou. — Não preciso de vender o peixe de nenhum ministro. — *Armani*, registou ela. Alice era uma *barra* em perfumes. *Tem bom gosto*, pensou.

— Ah — exclamou ela —, está bem.

Joaquim voltou à posição normal. Alice continuou a estudá-lo. A barba bem feita, o fato imaculado, sem uma única ruga, o casaco só com um botão apertado e montes de charme.

— Então e o segredo de há bocado, já mo pode contar?

— Eu não disse que era um segredo. — *Hum, ficaste interessada*, pensou. — Eu disse que era uma história longa.

— E então... — fez uma cara engraçada. — Quando é que ma conta? — *Alice! Estás a provocá-lo.*

— Olhe — levou a mão ao peito e tirou um cartão de visita do bolso interior do casaco, que lhe entregou —, fazemos assim: qualquer dia eu telefono-lhe e logo se vê.

— Qualquer dia telefona-me — repetiu Alice, a olhar para o cartão, fazendo-se pensativa. — Qualquer dia, quando? — *Nem acredito que disse isto! Eu não estou boa!*

— Qualquer dia, amanhã ou depois.

— Estou para ver.

Saiu do Palácio das Necessidades a flutuar. Apanhou um táxi para o jornal e foi o caminho todo a pensar nele, ainda deslumbrada com o seu próprio comportamento e um pouco assustada também. Era a primeira vez que lhe acontecia uma coisa assim. *Será que ele vai telefonar?,* perguntou-se.

19

— Francisco, nem vais acreditar com quem é que eu vou jantar hoje.

Francisco tirou os pequeninos óculos em meia-lua, ergueu os olhos da papelada em cima da secretária e fitou Joaquim com os seus olhos profundos.

— Com quem?

— Adivinha.

— Joaquim, estou a trabalhar.

Havia duas coisas na vida que Francisco Silva não fazia: rir-se e exaltar-se. Mas era um homem afável, a seu modo, e intrinsecamente sério. Joaquim conhecia-o desde os seus onze anos, há dezassete portanto, e tinha-o na conta de um segundo pai.

Francisco Silva viera para Sintra pela mão do pai de Joaquim. Mário Fontes descobrira o edifício — uma jóia do princípio do século XIX a precisar de umas obras valentes — alguns meses depois de chegarem de Caracas. Ficava a dois passos do centro da vila. Francisco tinha sido o primeiro a ser contratado, ainda antes de se terem iniciado as obras.

Fora baptizado com o nome de Hotel Fontes. Era um antigo palácio com as suas abóbadas em pedra, o seu magnífico sobrado e uma biblioteca revestida a madeira escura que servia de sala de estar e fazia as delícias dos hóspedes. Tinha vinte espaçosos quartos, todos com lareira, e servia refeições supervisionadas por um *chef* de méritos incontestáveis.

Com os anos Francisco Silva acabara por se tornar sócio minoritário. Mário Fontes cedera-lhe vinte por cento do negócio e, finalmente, após a morte do pai, Joaquim propusera-lhe uma sociedade a meias. De forma que Francisco ficara à frente do hotel enquanto Joaquim seguira a sua carreira diplomática.

— Vou jantar com a Alice Horta — disparou Joaquim.
— Com quem?

Francisco assentou as palmas das mãos na secretária para que Joaquim não reparasse que tremiam ligeiramente. Apesar de ser dono de um autocontrolo notável, aos 62 anos o corpo já lhe pregava algumas partidas.

— Com a Alice Horta — repetiu Joaquim. — Aquela jornalista que tu estás sempre a dizer que escreve maravilhosamente.

— Eu sei muito bem quem é a Alice Horta — resmungou. — Só que me apanhaste de surpresa. Por que é que vais jantar com ela?

— Porque a convidei.
— Sim, mas desde quando é que a conheces?
— Há dois dias.

Deixara passar dois dias antes de telefonar a Alice. Fizera de propósito, para não parecer demasiado ansioso. Além disso, tinha andado a fazer de ama-seca à delegação angolana de visita oficial a Lisboa e queria estar totalmente disponível para Alice. Nada de jantares tardios num restaurante de recurso, sem tempo para se conhecerem sem pressas.

Jantaram no Bica do Sapato, um restaurante da moda, moderno, elegante, razoavelmente dispendioso, com vista para o Tejo. Alice revelou-se encantada com o convite. Joaquim não lhe poupou atenções.

Foi uma noite para se conhecerem. Alice ficou sinceramente impressionada por saber que ele vivia num hotel de charme em Sintra, do qual ainda por cima era dono. Ela, que nem sequer era dona do apartamentozinho acanhado em Benfica, onde vivia.

Alice contou-lhe que nascera no Porto, donde viera para estudar Comunicação Social na Universidade Católica. Ele disse que tirara Relações Internacionais. Joaquim perguntou--lhe se ainda tinha família no Porto.

— Não — disse Alice, sem conseguir disfarçar uma sombra de mágoa. — Os meus pais já morreram e, como nenhum deles tinha irmãos, pode dizer-se que estou por minha conta e risco neste mundo.

Joaquim compreendeu que o assunto lhe era penoso, de forma que se limitou a dizer-lhe que também estava nas mesmas condições e desviou rapidamente a conversa para outro tema mais leve. Não queria estragar a noite com tristezas.

O jantar correu agradavelmente, fruto de uma empatia óbvia que transformou aquelas três horas à mesa num momento mágico. Conversaram como dois jovens apaixonados, concentrados um no outro e totalmente alheados do ambiente que os rodeava. Falaram um pouco de tudo sem entrarem em grandes pormenores pessoais, mas num tom de grande intimidade. Alice tinha milhares de perguntas para lhe fazer. Queria saber tudo. Queria que Joaquim lhe explicasse aquela impressão com que ficara de que ele já sabia da existência dela. Queria saber por que a interpelara a sós antes da conferência de imprensa, por que a elogiara e quase lhe dissera uma confidência. Precisava de entender o que o levara a vigiá-la indiscretamente durante toda a conferência de imprensa e, finalmente, por que *quebrara* o protocolo no final do encontro e, em vez de seguir os ministros, aproximara-se dela novamente para a encantar ainda mais. Alice ficara com a estranha certeza de que ele já estava à espera dela naquela manhã. Ou seria que Joaquim tinha o hábito de se *meter* com as jornalistas em reportagem no ministério? Não, definitivamente não lhe parecia que ele fosse esse género de homem.

Estava tão curiosa que se sentiu capaz de lhe fazer um interrogatório cerrado assim que se sentaram à mesa. Mas, simplesmente, não o fez. Joaquim olhou para ela como se fosse única e Alice emocionou-se com a sinceridade que lhe viu nos olhos. De forma que Alice decidiu seguir o seu instinto e optou por não forçar nada. As respostas viriam com o tempo.

Depois do jantar ele levou-a a casa. Joaquim tinha um *MG cabriolet* de dois lugares. Um último modelo, verde-garrafa, que até Alice, que normalmente não distinguia uma marca da outra, soube apreciar. Alice andava de autocarro e nem sequer tinha carta de condução. Mas não era o carro que a interessava, por mais impressionante que fosse.

— Muito obrigada — agradeceu Alice quando ele desligou o motor do *MG* à porta do prédio dela. — Gostei muito do jantar.

— Posso telefonar-te amanhã? — perguntou Joaquim.

Ocasionalmente, a meio do jantar, tinham passado a tratar--se por tu.

— Amanhã vou ter um dia terrível — inventou Alice, *mas telefona, telefona. Claro que podes e deves telefonar,* pensou. — Vou ter de ficar para o fecho do jornal e acho que não me livro do trabalho antes da meia-noite.

— Tudo bem, mas eu telefono na mesma — disse Joaquim, questionando-se *por que raio é que as mulheres têm esta mania de dizer que não, quando querem dizer que sim?* — Nem que seja para falarmos um bocadinho ao telefone.

— Está bem — aquiesceu.

Despediram-se com dois beijos no rosto e foram cada um para sua casa com o coração cheio de alegria, por terem a certeza de que tinham nascido um para o outro. Era algo que ambos tinham percebido, sem necessidade de dizerem nada.

20

No dia seguinte Alice chegou à redacção com uma expressão iluminada. Passou a manhã a sonhar e foi encurralada por Margarida ao almoço. Foram a um restaurante barato ali ao lado, no Marquês de Pombal. Margarida não descansou enquanto não *sacou* de Alice o motivo de tanta alegria.

— Chama-se Joaquim Fontes — confessou a sorrir. — É alto, moreno, tem 28 anos e trabalha no ministério dos Negócios Estrangeiros.

— Uau! Um diplomata.

— Está colocado no gabinete do ministro — revelou-lhe Alice, com uma pontinha de orgulho.

— Tem 28 anos? — provocou-a Margarida. — Não é um bocadinho jovem para o teu gosto?

— Pois é — encolheu os ombros divertida. — O que é que queres? Fui apanhada desprevenida.

Sabia bem a que se referia a amiga. Alice costumava apaixonar-se por homens mais velhos. Era algo que ela própria tinha alguma dificuldade em explicar. Preferia pensar que o facto de as suas relações passadas terem sido sempre com homens, no mínimo, dez anos mais velhos era simples coincidência. Não lhe agradava a ideia de se pôr a fazer análises psicológicas à sua própria personalidade. Sabia que, se o fizesse, iria dar inevitavelmente à adolescência, quando a ausência de um pai que a orientasse lhe havia custado mais. Lembrar-

-se-ia das várias noites em que adormecera esgotada de tanto chorar, revoltada com a injustiça, frustrada por não poder culpar ninguém. Tinha sido um acidente, um trágico acidente que lhe matara o pai e a deixara órfã.

Nessa época, surpreendia-se por vezes a imaginar como teria sido se o pai não tivesse morrido, sonhava com uma vida familiar semelhante à das suas amigas do colégio.

Tinha sido um grande sofrimento, que só não se tornara insuportável por ter podido contar sempre com a mãe para a confortar. Mas agora Alice era adulta, os dramas da adolescência estavam ultrapassados. Pelo menos tentava convencer-se disso, impedindo-se de continuar a massacrar-se com problemas irremediáveis.

Se gostava de homens mais velhos era porque eles a faziam sentir-se mais segura e ponto final. Qual era o problema?

O telefone tocou finalmente ao final da tarde. Joaquim perguntou-lhe se sempre estaria demasiado ocupada e Alice nem se deu ao trabalho de arranjar uma boa desculpa para desfazer a mentira da noite anterior. Disse apenas que afinal conseguiria escapar-se a horas decentes.

O *MG* com a capota para baixo estava parado à porta do jornal. Alice sentiu-se elogiada por Joaquim ter a delicadeza de dar a volta ao carro para lhe abrir a porta. Pela primeira vez, ele apareceu-lhe vestido desportivamente. Trazia *jeans*, camisa de marca, verde, e usava óculos escuros. Alice arrependeu-se imediatamente de não se ter arranjado um pouco melhor. Sentiu-se uma *pindérica* com as calças pretas de algodão e a blusa amarelo-torrado que escolhera de manhã à pressa. Obviamente, Joaquim tivera tempo para passar pelo hotel para tomar um duche e vestir roupa lavada.

Levou-a a jantar à marina de Cascais. Escolheu a marginal em vez de se enfiar no trânsito da auto-estrada. Conduziu devagar, em velocidade de passeio, permitindo que apreciassem o espectáculo do pôr do Sol. Apesar das horas, ainda fazia imenso calor, mas o vento provocado pelo carro em movimento e a visão espectacular do mar tornavam a viagem agradável. Lara Fabian cantava para eles. Um CD que estivera na moda no ano passado.

Escolheram um restaurante simples e falaram sobre o que os ocupava no trabalho. Enquanto esperavam pelo jantar, Joaquim revelou-lhe que estava com alguns projectos interessantes entre mãos.

— Mas não te posso dizer nada — riu-se — porque tu és jornalista.

— Diz lá o que é — implorou Alice a brincar.

— Nem penses. Não ias resistir e eu é que era despedido. E depois, o que é que eu ia fazer?

— Gostas muito do teu trabalho?

— Adoro.

— Já estiveste colocado no estrangeiro?

— Não, ainda não chegou a minha vez. Mas acho que está para breve.

— Ah, sim? — interessou-se Alice. — E para onde é que te vão mandar?

— É segredo — disse, fingindo-se importante, bebericando o vinho branco fresco que havia encomendado para os dois.

— Tantos segredos — reclamou ela, fingindo-se, por sua vez, amuada.

— Não é segredo, só que ainda não há nada certo. Talvez vá para Belgrado.

— Um posto importante — comentou Alice.

— É, mas não fiques muito impressionada porque não vou para embaixador.

Deram um passeio a pé pela marina a seguir ao jantar. A noite pusera-se limpa e soprava uma brisa marinha. Afastaram-se das pessoas, caminhando descontraidamente até à ponta do molhe.

— Vamos ver o mar — desafiou-a Joaquim, pegando-lhe na mão com a intenção clara de testar a reacção dela.

— Vamos — concordou Alice, sem retirar a mão.

Caminharam devagarinho. Joaquim foi mantendo a conversa. Alice foi respondendo automaticamente, enfeitiçada com o toque da mão dele na sua.

Quando a terra acabou ele virou-se de frente para ela.

— Está uma noite fantástica — disse, a pensar *boa Joaquim, que declaração tão romântica*.

— Pois está — retorquiu Alice, com a garganta seca. *Vai beijar-me*, pensou, *é agora*. Quase podia ouvir o seu coração a bater.

Joaquim apertou um pouco mais a mão de Alice e levou a outra ao rosto dela, fazendo-lhe uma carícia. Estavam tão próximos um do outro. Alice fechou os olhos e sentiu os lábios quentes dele nos seus. Abraçaram-se, apaixonados.

Julho passou a correr, como só podiam passar os tempos de felicidade. Joaquim e Alice tornaram-se inseparáveis. Telefonavam-se várias vezes ao dia como dois adolescentes apaixonados e encontravam-se ao fim da tarde para aproveitarem juntos os últimos raios de sol. Iam comer um gelado, passeavam a pé pela cidade a ver montras, iam a restaurantes nas docas ou faziam jantares tardios em casa dela.

Algures na terceira semana, Alice convidou-o para ir a casa dela e já era meia-noite quando lhe disse que, se quisesse, podia ficar a noite inteira. Joaquim deixara ser ela a escolher esse momento e Alice sentiu-se agradecida por ele ter tido o tacto de perceber que ela precisava de se sentir segura antes de dar esse passo. Por alguma razão que Joaquim ainda não entendera, por vezes Alice comportava-se como uma jovem imatura e não como a mulher madura que vivia sozinha e se sustentava a si própria sem poder contar com a ajuda de ninguém.

Joaquim surpreendera-se a pensar nisso e não pudera deixar de a admirar. Ele, a quem nunca faltara nada, nem tão pouco tivera de se preocupar com dinheiro desde a morte do pai, sentia uma segurança enorme. Era natural, afinal de contas até poderia perder o emprego ou simplesmente demitir-se que não deixaria de viver bem. Joaquim devia isso ao pai, que se preocupara em dar-lhe uma boa educação e em garantir-lhe um futuro seguro. Não houvera nada mais importante na vida de Mário Fontes que o bem estar do filho, isso Joaquim tinha de admitir. Se bem que, de certa forma, o pai tivesse falhado redondamente esse seu objectivo. Mais tarde Joaquim sentira--se profundamente desapontado e magoado com o pai, mas isso passara-se depois de ele ter morrido.

Joaquim sabia que sentiria sempre uma enorme frustração por não ter sabido de tudo a tempo de confrontar o pai com as opções que tomara abusivamente, condicionando irremediavelmente a vida do filho. Contudo — embora não tivesse consciência disso — herdara da mãe a mesma força de vontade para sobreviver ao passado. Tal como Gabriela, também Joaquim se recusava a deixar-se engolir pelos pesadelos do passado.

E Alice? Curiosamente, Alice não parecia nada preocupada por depender exclusivamente do ordenado para viver. Joaquim achava isso admirável. Claro, ele sabia que havia milhões de pessoas nessa situação, mas a generalidade poderia recorrer a algum familiar em caso de urgência. Alice não.

— Comigo é chapa ganha, chapa gasta — disse-lhe ela, encolhendo os ombros, uma vez que falaram do assunto.

Alice explicou-lhe que ela e a mãe haviam sobrevivido durante mais de quinze anos graças a um seguro de vida do pai. Tinha sido também com parte desse dinheiro que se sustentara e pagara os estudos desde que se mudara para Lisboa.

Serena e imperturbável nas questões materiais; frágil e insegura nas relações humanas. Assim era Alice. Com o tempo, Joaquim foi-se apercebendo de que havia nela um verdadeiro terror de ser abandonada. E isso preocupou-o — para não dizer que o assustou — mas também lhe provocou um grande sentimento de ternura e uma enorme vontade de a proteger.

Na primeira noite em que fizeram amor Alice entregou-se sem reservas. Foi sedutora, conduziu-o à cama dela, ajudou-o a tirar a roupa e despiu-se para ele com o atrevimento e o erotismo de uma mulher adulta. Mais tarde porém, antes de adormecerem nos braços um do outro, Alice surpreendeu-o.

— Vais estar aqui amanhã de manhã? — perguntou-lhe em tom de brincadeira, lânguida. — Não me vais abandonar?

— Querida — retorquiu-lhe Joaquim, apoiando-se num cotovelo para a ver melhor, para apurar se ela brincava de facto ou se estava realmente preocupada. — Ainda agora cheguei.

Um pequeno candeeiro ficara aceso o tempo todo, «para te ver», dissera Alice, «quero ver-te o tempo todo». Agora essa luz, que lhe delineava admiravelmente as formas do corpo, permitiu a Joaquim ver-lhe nos olhos o profundo alívio que sentiu ao ouvir a resposta dele. Alice não estava a brincar.

21

O Hotel Fontes era um estabelecimento relativamente discreto. Muito apreciado pelos estrangeiros endinheirados, escolhido por casais portugueses em lua-de-mel que se podiam dar ao luxo de fazer uma extravagância e passar ali uma ou duas noites, o Hotel Fontes estava definitivamente afastado da rota da hotelaria popular devido aos preços exorbitantes. Os seus vinte luxuosos quartos tinham ocupação permanente durante todo o ano.

Tal como acontecia no tempo de Mário Fontes, Francisco Silva dirigia o hotel com uma disciplina rigorosa. Os empregados eram escolhidos a dedo e mantinham-se ao serviço durante anos a fio. Recebiam todos um salário acima daqueles que eram praticados em média na hotelaria em Portugal e sabiam que, para não serem despedidos, havia apenas uma condição: não podiam falhar.

Era um daqueles sábados frescos de Sintra. A vila protegia-se do calor tórrido do Verão com uma camada de nuvens à medida da serra. Joaquim escolheu esse dia para levar Alice a conhecer o hotel.

Não a levara antes porque tinham andado tão absorvidos um no outro durante aquelas semanas, que lhe parecera um absurdo partilhar Alice com quem quer que fosse. Levá-la ao hotel implicava apresentá-la a Francisco e a mais uma data de gente curiosa. Os empregados que lá trabalhavam há décadas eram como uma grande família e Joaquim não poderia aparecer com uma namorada e fazer-lhes a desfeita de não a apresentar.

Joaquim e Alice tinham vivido intensamente todos os momentos juntos desde a noite em que ele a beijara pela primeira vez na marina de Cascais. Agora era chegado o tempo de a deixar tomar contacto com a vida privada dele, descobrir os espaços onde se movia, conhecer as pessoas com quem se relacionava habitualmente, ver as fotografias que lhe documentavam a infância.

Havia uma ala num dos extremos do hotel reservada a Joaquim e Francisco. Cada um tinha a sua suite, composta por quarto, sala e casa de banho. Apesar de ser relativamente impessoal, Alice gostou do que viu. Tal como o resto do hotel, a suite encantou-a. Era acolhedora e tinha a particularidade de revelar *pedaços* desconhecidos da vida de Joaquim. Coisas simples, como uma mochila com material de escalada.

— Não sabia que tinhas um desporto favorito — surpreendeu-se Alice.

— Há muitas coisas sobre mim que ainda não sabes — sorriu-lhe. — Às vezes subo à montanha, aqui em Sintra. É um desporto fantástico e a vista lá em cima é fabulosa. Amanhã levo-te lá.

A sala e o quarto tinham várias molduras com fotografias. Algumas de Joaquim, outras dele com o pai e uma ou outra com Francisco ou com algum amigo dos tempos da faculdade. Praticamente nenhuma dele em pequeno e nem uma única fotografia da mãe. Alice mostrou-se perplexa.

— É uma longa história — disse Joaquim, pouco entusiasmado com o tema.

— Não faz mal. — Alice saltou para a cama, encostou-se à cabeceira de madeira, cruzou os braços e declarou alegremente: — Temos muito tempo.

— Lembras-te de te ter dito que eu tinha uma história parecida com a daquela criança raptada?

— É verdade! — exclamou ela. — Tinha-me esquecido completamente. O que é que querias dizer com isso?

— Queria dizer isso mesmo, que eu também fui raptado — fez o sinal de aspas com os dedos — quando era pequeno.

— Pelo teu pai?! — Os olhos de Alice saíram-lhe das órbitas.

— Hum, hum...

— Porquê?

Joaquim contou-lhe a história com todos os pormenores. Falou-lhe da Venezuela, do hotel Paraíso, da mãe, de Rafael Gonzalez Junior e do dia em que o pai o fora buscar à escola para irem directamente apanhar um avião para Portugal.

— E tu não desconfiaste de nada? Quer dizer, não é normal, que idade é que tinhas?

— Dez anos. É claro que estranhei. O meu pai mentiu-me. Disse-me que a minha mãe tinha tido um acidente e tinha morrido. Eu era uma criança, não havia mais ninguém, éra-mos só nós os dois. — Ergueu as mãos num gesto de impotência. — É claro que acreditei nele.

— E como é que soubeste de tudo?

— Aqui há dois anos, quando aconteceu aquele desastre natural em Vargas, na Venezuela?

— Sim, sei. As enxurradas que arrasaram bairros inteiros.

— Exacto. Nessa altura eu estava na secretaria de estado das Comunidades e fui enviado a Caracas para dar apoio aos emigrantes portugueses, que foram bastante prejudicados pelo desastre. Na altura conheci um casal, o comendador Freitas, um dos portugueses mais ricos da Venezuela e a mulher, dona Maria de Jesus. E, bem, estava eu naquela confusão toda e, quando lhes digo o meu nome, eles saltam-me para o pescoço a chorar descontroladamente. Toda a gente espantada, aquilo passou-se numa reunião com os líderes da comunidade portuguesa em casa do comendador e as pessoas, aflitas com aquela situação toda, com familiares desaparecidos e sei lá mais o quê, de repente viram aquela cena e pensaram que eles tinham perdido a cabeça, que tinham entrado em pânico ou uma coisa assim do género.

— E então?

— Então, não era nada disso. Sabes quem eles eram?

— Quem?

— Os meus padrinhos!

— Não... — Alice estava de boca aberta.

— É verdade. Agora imagina a minha cara, com a dona Maria de Jesus agarrada a mim, comovida, no meio duma reunião importantíssima, sem parar de dizer «meu Joaquim, meu rico filho...» Às tantas já estava o comendador a chorar também e eu para lá caminhava, de modo que tiveram de levar dali a senhora ou não teria havido reunião nenhuma.

— E tu nem sequer sabias da existência deles?

— Sabia vagamente. O meu pai tinha-me dito que os meus padrinhos eram uns amigos da Venezuela, mas que tinha perdido o contacto com eles há muitos anos.

— E depois, foram eles que te contaram tudo?

— Foram, e...

— E a tua mãe? — interrompeu-o, ansiosa por saber a história toda.

— Isso — disse Joaquim, com um nó na garganta — é a parte mais trágica da história. — Fez um sorriso nervoso e virou a cara, à espera duma reacção de Alice. Ela percebeu. Joaquim estava sentado na ponta da cama, inclinado para a frente com os cotovelos apoiados nas pernas e os dedos das mãos entrelaçados. Alice chegou-se para a frente, para o lado dele, passou-lhe o braço direito por cima dos ombros e colocou a mão esquerda por cima das dele.

— O que é que aconteceu? — Encorajou-o.

— O hotel Paraíso?

— Sim?

— Foi arrasado pelas cheias. A minha mãe não teve qualquer hipótese de fuga. Uma avalancha de lama passou por cima do hotel e demoliu-o em segundos. O edifício desapareceu, pura e simplesmente. Ninguém sobreviveu.

Fez-se um silêncio pesado. Alice, com os olhos marejados, reparou que Joaquim estava com a voz embargada e com dificuldade para continuar a falar. Ele limpou uma lágrima teimosa e aclarou a garganta, retomando o controlo da emoção antes de continuar.

— A minha mãe esteve sempre ali. — Ergueu a cabeça e respirou fundo. Depois olhou em frente e despejou tudo como se falasse sozinho. — Quando ela descobriu que o meu pai tinha fugido comigo, meteu-se num avião e foi procurar-me à Madeira. Mas o meu pai já calculara que ela faria isso e tinha-me trazido para o continente. Escondeu-me num colégio interno, em Braga, com um nome falso. A minha mãe veio para o continente. Passou um ano inteiro à minha procura. Podes imaginar o desespero? — Virou-se subitamente para Alice. Ela limitou-se a assentir com a cabeça, sabendo que se tentasse falar, arriscava-se a desatar a chorar e nunca mais pararia.

— Ela acabou por regressar a Caracas. Já não tinha dinheiro para continuar cá. Gastou o que tinha e o que não tinha, pediu ajuda à polícia mas ninguém a ajudou. O famoso Rafael Gonzalez Junior, o tal escritor, desapareceu na hora. Nunca mais quis saber dela.

«A minha mãe ainda voltou a Portugal duas ou três vezes, por pequenos períodos, mas sem conseguir a mais pequena informação. Depois deixou de vir. Os meus padrinhos disseram-me que ela estava um farrapo, desesperada. Convenceram-na a refazer a vida. Ela dedicou-se ao hotel, mas estava sempre a falar de mim, dizia-lhes que um dia eu acabaria por ir à procura dela. Acho que, no fundo, nunca perdeu a esperança. Se ela tivesse sobrevivido à enxurrada... — a voz fraquejou-lhe. — Se ela tivesse sobrevivido, eu tê-la-ia encontrado, de facto...

Caíram novamente em silêncio. Alice demorou um pouco a absorver aquilo tudo. Depois falou, abismada, como se estivesse a pensar alto.

— Como é que o teu pai foi capaz de te fazer uma coisa dessas?

— Não sei. Acho que só pensou nele. Foi egoísta e não pensou que estava a tomar uma decisão que me marcaria para a vida inteira. Mas a verdade é que me desiludiu, desiludiu--me muito. O meu pai foi, até morrer, a pessoa mais importante da minha vida e eu nunca sonhei... nunca me passou pela cabeça que fosse possível descobrir uma coisa tão, tão... — hesitou, a pensar na palavra certa — revoltante. E sabes o que é mais frustrante?

Alice esperou que ele continuasse.

— O que é mais frustrante é eu não ter tido a oportunidade de o confrontar com a verdade. De não ter podido falar com ele e perguntar-lhe isso mesmo: Como é que ele foi capaz de me fazer uma coisa dessas?

22

Domingo acordaram cedo. Joaquim foi o primeiro a saltar da cama, revelando uma energia renovada. Tinham feito amor durante a noite. Mais do que nunca, Alice sentira uma necessidade enorme de lhe dar amor, como se, instintivamente, quisesse compensá-lo pelo sofrimento indescritível por que ele passara. Depois da conversa do dia anterior Alice sentira--se ainda mais próxima de Joaquim.

Surpreendentemente, ele adormecera tranquilo, enquanto Alice permanecera acordada com os seus fantasmas a torturarem-na. Se havia alguém que o podia compreender era ela, que também sofrera — e ainda sofria — por ter perdido o pai em pequena. As lágrimas haviam-lhe escorrido pelo rosto, em silêncio, até ser vencida pela exaustão e adormecer.

— Acorda dorminhoca. — Joaquim abanou-a suavemente e beijou-a no rosto. Alice abriu um olho a custo. Sentiu-se extraordinariamente cansada.

— Deixa-me dormir mais um bocadinho — reclamou.

— Nem penses. Está um dia lindo. Vamos aproveitar a manhã. Vá — roubou-lhe os lençóis, brincalhão —, vamos a levantar.

Tomaram um bom pequeno-almoço na sala de jantar e em seguida Joaquim subiu à suite para buscar a mochila com o material de escalada.

Atravessaram a pé a floresta que conduzia à montanha. Joaquim ia à frente com a mochila às costas. O material pesava mais de vinte quilos, mas ele caminhava ligeiro como se não estivesse a fazer um esforço por aí além. Alice sentia-se confusa. Joaquim revelava uma alegria improvável para quem, no dia anterior, confessara carregar um fardo tão grande. *Como é que ele consegue?*, interrogou-se Alice, enquanto o ouvia comentar alegremente a beleza da floresta.

Chegaram à base de uma parede rochosa com trinta metros de altura.

— É aqui — declarou Joaquim, colocando a mochila no chão.

— Aqui?

— Hum, hum...

Alice olhou para cima impressionada. A parede era a pique e parecia não ter praticamente nenhumas saliências a que uma pessoa pudesse agarrar-se para escalar. Joaquim ocupou-se a preparar o material.

Colocaram arneses. Joaquim fez um nó de oito com a ponta da corda, suficientemente resistente para impedir uma queda fatal em caso de acidente. A corda tinha sessenta metros. Ele explicou a Alice que subiria até ao topo enquanto ela lhe garantiria a segurança com a ajuda de um aparelho metálico em forma de oito. Alice sentiu-se nervosa com aquilo tudo, mas nada do que seria quando fosse a vez dela de escalar.

Dali a pouco Joaquim colocou os *pés de gato*, sapatos de escalada que se usavam apertados para permitir uma adaptação adequada dos pés às reentrâncias e às saliências da rocha. Esfregou as mãos com pó de magnésio e iniciou a subida. Foi progredindo rapidamente, colocando mosquetões com cintas em plaquetas que equipavam a via de escalada e passando depois a corda por dentro dos mosquetões, de forma a prevenir um eventual acidente. Em baixo, Alice agarrava o outro lado da corda para o segurar em caso de queda.

Ele estava em forma. Pesava sessenta e cinco quilos, era leve e musculado, condições ideais para a escalada. Não precisou de mais de dez minutos para alcançar o topo da parede. Depois demorou outros dez minutos a colocar a corda para fazer *rappel* e juntar-se novamente a Alice, deslizando pela corda numa descida rápida mas controlada.

— É a tua vez — declarou.

— Estou cheia de medo — confessou ela.

— Confia em mim.

Para Alice, os dez minutos que Joaquim demorara a escalar a parede transformaram-se nuns longos trinta minutos de medo e sofrimento. Ele foi-lhe dando indicações à medida que ela lutava para se agarrar à parede quase paralisada com terror de cair.

— Não olhes para baixo! — gritou-lhe Joaquim. Alice estava agora a mais de quinze metros de altura e a corda não a sossegava o suficiente quando olhava para baixo e via o chão ameaçadoramente longe. Uma queda daquela altura representava a morte certa. O instinto levava-a a agarrar-se com todas as suas forças às escassas saliências da rocha. As pernas tremiam-lhe e os dedos das mãos doíam-lhe de tanto raspar na rocha áspera. Começava a sentir-se demasiado cansada e tentada a pedir a Joaquim que a deixasse descer em segurança.

— Confia em mim — insistiu ele, percebendo que Alice vacilava.

Dominou os nervos o melhor que pôde. O coração batia anormalmente depressa e sentia a garganta seca. Alcançou os vinte metros. O topo já parecia próximo, mas olhar para baixo ainda a assustava mais. Alice encheu-se de coragem e obrigou-se a escalar o resto da parede, subindo metro a metro com a ajuda das indicações de Joaquim, procurando todos os pontos de apoio.

Finalmente chegou ao topo. Subiu para um extenso patamar rochoso, uma varanda para a paisagem deslumbrante.

A natureza acabava de a premiar com uma vista única sobre a floresta, um vale com quilómetros de extensão e, ao fundo, o mar maravilhosamente azul que se estendia até à linha do horizonte. A vista era absolutamente espectacular. Alice sentou-se no chão, sem forças e sem fôlego, extasiada com a paisagem.

Em baixo, Joaquim prescindiu da segurança da corda e aventurou-se a fazer uma ascensão livre, confiando unicamente nas suas capacidades para escalar os trinta metros de rocha a pique. Subiu ligeiro como um gato, executando movimentos graciosos e fáceis, indiferente ao perigo.

Chegou ao topo, surpreendendo Alice hipnotizada com a beleza da vista, cansada mas feliz por ter tido a coragem de levar a escalada até ao fim. Joaquim sentou-se ao lado dela e beijou-a.

— Valeu a pena? — perguntou-lhe.

— Valeu — admitiu Alice.

— Não custou assim tanto, pois não?

— Custou, custou. Mas foi muito bom.

— Só precisaste de acreditar nas tuas capacidades e confiar em mim, certo?

— Certo — reconheceu.

— Às vezes temos de confiar nas pessoas que amamos — disse Joaquim, e Alice percebeu onde ele queria chegar. *Já me conheces, meu querido, sabes que eu tenho alguma dificuldade em confiar no amor,* pensou Alice. Mas não disse nada. Limitou-se a encostar a cabeça ao ombro dele. Naquele momento não teve medo de nada, porque acreditou que Joaquim ficaria sempre a seu lado e não desapareceria da sua vida nunca.

23

Jantaram numa sala reservada do hotel. Joaquim, Alice e Francisco. Este último fez as honras da casa, escolhendo um excelente vinho *Barca Velha* para acompanhar um prato de caça.

— É uma ocasião especial — justificou-se Francisco, surpreendendo pelo canto do olho o espanto genuíno de Joaquim no momento em que dava o seu assentimento ao empregado de mesa que lhe apresentava a garrafa.

Alice devorou a comida com um entusiasmo pouco vulgar nela. Normalmente limitava-se a petiscar, mas o dia tinha sido pródigo em esforço físico e emoções e ela estava a morrer de fome. Francisco não se calou durante o jantar, o que também era invulgar. Quis saber como era o dia-a-dia de uma jornalista, fartou-se de fazer perguntas a Alice. Questionou-a sobre a vida dela em Lisboa, o curso que tirara, a vinda dela do Porto e até sobre a mãe. E logo ele, que fazia questão em ser a pessoa mais discreta do mundo.

Esteve sempre extremamente atento aos pormenores do jantar, providenciando para que os copos nunca ficassem vazios e para que nada falhasse no serviço. À sobremesa aconselhou a Alice os melhores doces da casa e, vendo-a indecisa na escolha, mandou logo que trouxessem um pouco de cada qualidade.

Joaquim viu Francisco rir-se das mais insignificantes graças que saíam da boca de Alice sem conseguir acreditar no milagre. Não se lembrava de alguma vez o ter visto tão bem disposto e atencioso. Alice também simpatizou imediatamente com Francisco. Do alto dos seus mais de dois metros de altura, no seu fato cinzento-escuro com raias brancas e uma gravata com pequenos losangos azuis e brancos, Francisco Silva era a imagem de um autêntico *gentleman*. Enquanto falava, movia as mãos enormes com uma delicadeza improvável. Aplicava gel para delinear um risco perfeito no cabelo, que teimava em manter-se completamente preto apesar da idade. Usava um perfume antigo, aceitável, que intrigou Alice por não o conseguir identificar.

— O Francisco é uma simpatia — comentou Alice, mais tarde, no quarto.

— É — concordou Joaquim. — E também é o teu maior fã.

— Oh — rolou os olhos, como se ele estivesse a gozar com ela.

— A sério. O Francisco compra o teu jornal todo os dias, lê os teus artigos religiosamente e fala-me sempre deles. Por que é que tu julgas que eu já sabia quem tu eras quando falei contigo a primeira vez?

— Por causa da reportagem do miúdo raptado.

— Sim, mas eu tinha curiosidade em conhecer-te porque o Francisco estava sempre a falar-me dos teus artigos e a dizer-me que eras uma grande repórter.

— Estava? — espantou-se.

— Estava. Tecnicamente — disse a brincar —, podemos dizer que estamos juntos por causa dele.

— Estranho, é a primeira vez que oiço dizer que alguém lê os meus artigos religiosamente.

— Não sei se sabes — disse Joaquim, ainda incrédulo — mas hoje assistimos a uma extraordinária transformação da personalidade do Francisco.

— Foi? — admirou-se Alice. — Porquê, ele não costuma ser simpático?

— Não, ele simpático é, ou pelo menos é educadíssimo, mas — apontou um dedo para a parede, na direcção do quarto de Francisco — aquele senhor nunca, mas nunca, se ri como esta noite e nunca, mas nunca, se interessa por uma pessoa ao ponto de a bombardear com perguntas sobre a sua vida. Não há dúvida de que ele gostou de ti.

— Não, ele gosta é de ti — disse Alice, sem resistir a uma pequena provocação. — Costumas trazer cá as tuas namoradas?

— Nem por isso — retorquiu Joaquim, fazendo-se desentendido.

— Ah, vês? É isso. Provavelmente, ele pensa que eu vou casar contigo e por isso trata-me com todas as honras.

— E vais?

— Casar contigo?

— Sim.

— Vamos ver — respondeu Alice, sorridente e satisfeita com o interesse dele pelo assunto —, vamos ver.

24

Em Agosto Joaquim convenceu Alice a aceitar um convite de Margarida para que passasse duas semanas no Algarve. Margarida era dona de uma casa em Tavira.

— Vai — insistiu ele, sem se deixar comover pelas reticências apaixonadas de Alice. — Vai para o Algarve que vais gostar. Eu vou estar afogado em trabalho nos próximos dias e nem sequer vou poder estar contigo muito tempo, portanto é melhor aproveitares para fazeres umas férias descansada.

— E não te ver durante quinze dias? Nem pensar!

— Então combinamos o seguinte: eu telefono-te todos os dias e vou lá passar o fim-de-semana contigo.

— Prometes?

— Prometo.

Mas não só não lhe telefonou todos os dias, como também não cumpriu a promessa de ir vê-la no fim-de-semana.

A casa vinha dos avós de Margarida e ficava no centro de Tavira. A cidade era um primor caiado de branco. Na sua simplicidade, Tavira orgulhava-se de ser uma das terras mais bonitas do Algarve. No Inverno ficava abandonada à sua sorte, passando os dias a um ritmo entediante, só resgatada ao anonimato total por força de algum desastre, natural ou não, que motivasse uma notícia nas televisões nacionais.

Mas no Verão Tavira ganhava uma vida nova. Enchia-se de gente de fora que lhe povoava as ruas, vasculhava o comércio e divertia-se nos bares, discotecas e esplanadas. Os dias eram abençoados por um Sol reflectido em milhares de casas brancas e as noites eram de uma claridade infinita, cruzadas por estrelas cadentes com as suas caudas de prata.

Ali perto de Tavira havia uma praia com quilómetros de areia deserta, onde se chegava fazendo uma caminhada de dez minutos ou tomando um pequeno comboio. Alice e Margarida ficavam na praia até o céu se pôr cor-de-rosa por cima da linha do horizonte. Era um espectáculo natural único e surpreendia os estrangeiros, que vinham descobrir neste extremo da Europa um país com praias que se julgava só existirem nas Caraíbas.

Por vezes, sentavam-se as duas numa esplanada às primeiras horas da noite com travessas de amêijoas à frente e perdiam-se à conversa enquanto comiam sem pressa. Outras vezes jantavam em casa e saíam tarde para irem a um bar ou a uma discoteca.

Como sempre, Margarida manteve-se inabalável na sua alegria. Mas Alice foi perdendo o alento à medida dos dias. Joaquim ligou-lhe para o telemóvel, sem falhar, nos primeiros três dias. No quarto não falou nem respondeu a uma mensagem dela. Sexta-feira Alice apanhou-o depois de várias tentativas e ficou a saber numa conversa muito a fugir que afinal ele não iria ter com ela ao Algarve porque ficaria retido em Lisboa, por causa do trabalho. Foi um choque. Alice pensara que não haveria nada neste mundo capaz de impedir Joaquim de a visitar. E, afinal de contas, ele nem arranjava tempo para falar ao telefone com ela.

Margarida teve a felicidade de desencantar na praia um namorado de ocasião. Dois amigos de Lisboa meteram conversa com elas e só tiveram sorte porque Margarida os encorajou. Alice não estava para aí virada. De forma que a segunda semana foi um martírio. Margarida estava insuportável, não se calava com o namorado, cheia de planos, alimentando a perspectiva de que continuariam a ver-se quando voltassem para Lisboa. Entretanto Alice definhava com a ideia de que Joaquim se desinteressara dela. Dava-lhe vontade de chorar. Mais uma vez, estava tudo a repetir-se. Era sempre assim que tudo começava. Uma paixão intensa que perdia o fôlego ao fim de pouco tempo. Alice tinha muito medo de ser deixada, desamparada na sua felicidade. Custava-lhe tanto. Preferia ser ela a acabar o namoro a deixar-se arrastar por esperanças vãs. Não queria voltar a sofrer. Mas o que é que estava a pensar? Ela já estava a sofrer!

Chegou de férias mais cansada do que partira. Psicologicamente arrasada. Começou a trabalhar numa segunda-feira. Já não falava com Joaquim há três dias. A manhã arrastou-se com os olhos postos no telefone. *O que é que eu tenho de errado para os homens se desinteressarem de mim?* interrogou-se. Dali a pouco já estava com aquela sua tendência estúpida para se autodepreciar, insegura, achando que o namoro com um homem tão perfeito como Joaquim só podia ser bom de mais para durar.

Deu graças a Deus por Margarida estar de almoço marcado com a conquista do Algarve, caso contrário ter-lhe-ia sido difícil convencer a amiga a deixá-la em paz. A última coisa que lhe apetecia era comer. Por volta do meio-dia não resistiu mais ao apelo do telefone e marcou o número do ministério. Joaquim não se encontrava, responderam-lhe, estava para fora de Lisboa em serviço.

Por volta das quatro da tarde, quando Alice menos esperava, foi emboscada por um telefonema alegre que a arrancou de surpresa a um artigo difícil, que se propusera redigir para ocupar a cabeça e afastar os fantasmas. Joaquim gritou entusiasmado para se fazer ouvir por cima da ventania do descapotável a mais de cem à hora. Informou-a de que ia a caminho de Lisboa, directo ao jornal para a levar a jantar. E Alice, ao escutá-lo com a mesma descontracção de sempre, viu-se incapaz de o censurar por a ter ignorado aqueles dias todos.

Desceu à hora marcada, hesitando entre a alegria de o saber de volta e a frustração de lhe faltar coragem para recusar um simples convite para jantar depois da desfeita que Joaquim lhe fizera. Ao vê-la surgir do edifício, ele praticamente saltou do *MG*, radiante com um ramo de flores e contemplou-a com uma alegria desconcertante. Ao contrário, Alice fez-se amuada e retribuiu o abraço e o beijo apaixonado dele sem qualquer manifestação de júbilo.

— Alice, querida — abriu os braços com um sorriso pendente —, o que é que se passa? Estás zangada comigo?

— E não achas que tenho razão para estar?

— Oh, meu amorzinho, é por eu não ter ido ao Algarve? Já te expliquei que foi impossível. Estou cheio de trabalho.

— Não é por não teres ido ao Algarve. É por nem te teres dado ao trabalho de me telefonar. E não me chames *amorzinho* como se eu fosse uma estúpida que engole tudo com um bocado de conversa mole. — *Pronto, já está. Disse-lhe o que tinha a dizer.* Alice sentiu-se um pouco reconfortada com este assomo de agressividade, surpreendente até para ela. Mas depois, com a embalagem, foi um pouco longe de mais.

— E digo-te mais — continuou — não vou jantar contigo nem quero a porcaria das flores.

— Alice! — exclamou Joaquim, recebendo o ramo de volta, completamente aparvalhado.

— Adeus, passa bem. Se queres andar a brincar aos namoros, arranja outra que não se importe de ser gozada.

Alice virou-lhe as costas, atravessou a rua e afastou-se de cabeça erguida, surda aos apelos de Joaquim que ficou a chamar por ela. Não se virou nem uma vez, para ele não saber que ia a chorar.

25

Alice viu-se afogada num poço de contradições. Tendo tomado a atitude que lhe pareceu mais correcta, não deixou de se sentir miserável com as consequências desse seu ataque de dignidade. Seguiu-se um braço-de-ferro.

Ao contrário de Alice, Joaquim não teve muito tempo para se consumir em mágoas. Por aqueles dias o ministério preparava uma operação diplomática internacional de extrema importância e Joaquim não podia, simplesmente, descurar o trabalho. De certa forma, tinha para si que a fúria de Alice iria perder força com o tempo e pensou que até seria melhor deixá-la em paz durante alguns dias. Enganou-se.

Alice esperou em vão que ele lhe telefonasse imediatamente para se retractar e para procurar compor as coisas. No início, Alice estava disposta a perdoá-lo. Mas a semana passou sem novidades e ela acabou por se convencer de que o melhor mesmo era deixar as coisas tal como estavam, por muito que isso lhe custasse. Afinal, não era a primeira vez que Alice desistia de alguém. Joaquim não tinha a noção do quão difícil fora para ela entregar-se-lhe de alma e coração. Apesar de toda a felicidade, obrigara-se a repelir os receios de sempre com uma resistência heróica.

O primeiro beijo de Joaquim, na Marina de Cascais, tinha sido para Alice um conforto para o coração. Naquele momento sentira-se a explodir de alegria. A ansiedade viera depois, como uma maldita doença que não pudesse curar mas apenas controlar. Alice andara assim vacilante, entre a vontade arrebatadora de se entregar a Joaquim e o pavor lancinante de o perder depois de já não lhe colocar a menor reserva da sua intimidade. Acabara por ceder por paixão, era certo, mas também por não aguentar mais a necessidade de o ter na sua cama.

Agora que tudo correra mal entre eles, Alice deixou endurecer o coração, numa atitude defensiva que lhe era familiar de outros amores perdidos por ter tido tanto medo que não lhes dera uma segunda oportunidade.

Encontraram-se na sexta-feira seguinte em terreno neutro, exigência de Alice que, apesar de ter cedido a quase meia hora de argumentação telefónica, não permitiu que a tentação falasse mais alto num encontro em casa dela, como Joaquim sugeriu. Intimidade a mais podia provocar-lhe uma recaída, pensou Alice, e agora não estava disposta a acabar na cama com ele, apenas queria arrumar o assunto de uma vez por todas, de forma a poder seguir a sua vida sem mais sobressaltos. Estaria a ser cobarde, a voltar costas a uma oportunidade de ser feliz, se tivesse a coragem de arriscar? Talvez. Mas como podia ser feliz se ia viver em permanente desassossego?

Nessa mesma sexta-feira, em vez de almoçar Alice foi ao cabeleireiro. Nunca ia ao cabeleireiro. Mas nem em sonhos admitiria que se foi pôr bonita para Joaquim. Não, *vou ao cabeleireiro porque, já que tenho de o enfrentar, quero ter o astral em cima. É uma questão estratégica,* convenceu-se, *assim vou sentir-me mais segura de mim.*

Havia um café com esplanada um pouco abaixo do cinema S. Jorge, na Avenida da Liberdade. Joaquim chegou primeiro e já a aguardava numa mesa quando Alice chegou. Ele nem sequer disfarçou a volta que lhe deu à cabeça vê-la surgir com uma camisola justa que lhe destapava ligeiramente a barriga e com uns *jeans* que lhe moldavam as nádegas e as pernas. Alice fingiu não reparar no espanto dele, ciente de que aquela roupa era tudo menos casual. Estava decidida a seguir por um caminho, mas fazia tudo ao contrário, como se na realidade quisesse seguir por outro.

Joaquim levantou-se sem fôlego, para a receber. Trocaram um beijo seco.

— Olá — disse ela.

— Olá. Estás boa?

— Hum, hum. — Sentou-se.

— Café?

— Pode ser.

Alice reparou que ele tivera o bom senso de não se apresentar com um ramo de flores. Joaquim notou imediatamente que ela cortara o cabelo e esticara-o.

— Cortaste o cabelo — comentou. — Está bonito. — *Uff, ainda bem que reparei,* pensou.

— Obrigada — agradeceu ela. *Vá lá, reparaste.*

A conversa começou assim, de uma forma estranha. Fossem eles dois desconhecidos e não fariam nem mais, nem menos cerimónia.

Veio o café. Alice deitou o açúcar em silêncio. Joaquim aguardou, observando-a em estado de graça. Derreteu-se com os olhos claros dela. O cabelo castanho liso e a franja recém-cortada davam-lhe um certo ar coquete. Mas os olhos de menina insegura, pregados no café, desarmavam-na. Alice mexeu o café. Uma aragem inofensiva desacertou-lhe as pontas do cabelo. Joaquim controlou o impulso de lhe dizer que a achava linda, ao vê-la passar o cabelo por detrás da orelha. *Elogios, nesta altura do campeonato, não seriam bem recebidos,* calculou, carregado de razão. Alice queria ser levada a sério.

— Então — disse, erguendo aqueles seus olhos quentes, irresistíveis. — O que é que querias dizer-me?

— Queria pedir-te desculpa por...

— Já tinhas pedido — cortou ela, tão seca como à chegada.

— Eu sei, mas não o tinha feito cara-a-cara e não gosto de ter conversas importantes ao telefone.

— Joaquim...

— Espera — ergueu a palma da mão. — Alice, eu percebo que tenhas ficado chateada por eu não te ter telefonado, mas gostava que compreendesses que eu estou, realmente, com um trabalho muito importante entre mãos.

— Afinal de contas, o que é que é esse trabalho tão importante que nem permite que te distraias cinco minutos para me ligares?

— Alice — levou uma mão preocupada à testa —, não te posso dizer.

— Ah, não podes.

— Não — comprimiu os lábios e abanou a cabeça —, não posso. Tu és jornalista. Acho que não devemos misturar as coisas.

— Pois, e também achas que não podes confiar em mim?

— Alice... não é nada disso.

Ela recomeçou a mexer o café, distraidamente, torturando-o com o silêncio. Um turbilhão de emoções agitaram-lhe a alma. Por momentos passou-lhe pela cabeça que Joaquim talvez não lhe pudesse falar do trabalho importante por, simplesmente, não existir nenhum trabalho importante. Talvez fosse uma mentira que ele levara longe de mais.

— Tudo bem, eu vou confiar em ti — cedeu ele ao sentir que estava a perdê-la. — Mas tens que perceber que isto é para ficar rigorosamente entre nós. Não pode ser publicado, em circunstância nenhuma. — Joaquim inclinou-se sobre a mesa e olhou para os lados antes de falar em surdina. — Dentro de alguns dias vai haver em Portugal negociações de paz secretas — sublinhou bem a palavra *secretas* — entre o governo angolano e a UNITA. As delegações vão encontrar-se numa quinta no Alentejo. O governo português é que vai mediar as negociações e eu ainda não parei um bocadinho. Foi por isso que não fui ao Algarve nem te tenho dado muita atenção.

— Negociações secretas? — repetiu Alice, sentindo-se culpada por ter duvidado dele segundos atrás.

— Sim — abanou a cabeça. — Ouve Alice, tu tens motivos para estares ofendida, mas não é preciso exagerares. Eu adoro-te — disse. — Eu amo-te — corrigiu.

— Espera — interrompeu-o Alice. Sabia que ele tinha razão, que estava a exagerar. Sentiu que aquilo se estava a tornar numa cena ridícula, que começava a parecer *uma adolescente idiota.* Mas mesmo assim não foi capaz de encerrar o assunto ali mesmo. — Deixa-me pensar nisto tudo e amanhã falamos — disse, levantando-se.

— Vais-te embora? — espantou-se Joaquim.

— Vou, ainda tenho de passar no jornal. Podes telefonar-me amanhã?

— Claro — disse. E, enquanto ela se afastava, ficou ali de pé, um pouco desamparado, mas a pensar: *adoro esta miúda, não, amo esta mulher.*

26

O próprio Francisco levou o pequeno-almoço à suite de Joaquim. Bateu à porta e entrou, usando a chave-mestra.

— Bom dia, meu rapaz — disse, colocando o tabuleiro em cima da cama. — São nove horas, está um sábado lindo e cheira-me que vais ter muito que fazer. — Ofereceu-lhe o jornal do dia.

Joaquim abriu um olho cansado, desdobrou o jornal e esforçou-se para focar a vista na primeira página.

— Merda — rosnou, saltando da cama com uma energia súbita.

À mesma hora, Alice entrou na redacção do jornal. Calhava-lhe trabalhar naquele fim-de-semana. Foi directa à máquina do café. Colocou um copinho de plástico e carregou no botão. Deixou-se ficar hipnotizada de sono a olhar para o líquido a fluir lentamente para o copinho. Retirou-o da máquina e dirigiu-se para a sua secretária com a mochila do costume na mão direita e o café a escaldar-lhe os dedos da esquerda. De passagem apanhou um exemplar da edição do dia do cimo de um monte de jornais.

Alice deixou cair distraidamente a mochila no chão e colocou o copinho em cima da secretária enquanto lia as *gordas* com a cabeça de lado na atrapalhação do jornal, a escapar-lhe entre os dedos. A notícia principal saltou-lhe aos olhos como uma machadada. Sentou-se pesadamente na cadeira e ficou queda e muda a olhar para o jornal, como se tivesse visto um fantasma.

— Merda — resmungou, incrédula.

Ao sábado Joaquim tinha o hábito de tomar um pequeno-almoço reforçado e dispensar o almoço. Mas naquele dia ignorou os ovos mexidos e foi directamente para o duche. Quinze minutos depois estava pronto e a correr para a rua com o colarinho da camisa desapertado, a gravata pendurada ao pescoço e o nó por fazer.

Saltou para o *MG* sem perder tempo a abrir a porta. Enfiou a chave na ignição e arrancou com o acelerador a fundo. O carro deu uma guinada habilidosa para evitar uma carroça puxada por dois cavalos indolentes que passeavam um casal de estrangeiros idosos, felizes e madrugadores. Joaquim agarrou no telemóvel e procurou um número memorizado.

Alice endireitou-se na cadeira e bebeu de um trago o café arrefecido sem se lembrar de colocar o açúcar. Fez uma careta e dobrou-se para localizar a mochila no chão. Vasculhou o interior com a mão cega à procura do telemóvel. Puxou a mochila para o colo, irritada por não o conseguir encontrar imediatamente.

Carregou nos botões e ligou para o número de Joaquim, memorizado na agenda do telemóvel.

— Está? — disse Joaquim. Entalou o telemóvel entre o queixo e o ombro para engrenar uma mudança. Terceira, guinada para a esquerda, acelerador a fundo, ultrapassagem, guinada para a direita. Alguém do outro lado reconheceu imediatamente a voz dele. — O ministro já está aí? — perguntou. Falava para o seu gabinete. — Está furioso, não? — perguntou, voltando a agarrar o telemóvel com a mão direita enquanto manobrava o volante com a esquerda. — *Okay* — disse. — Eu vou a caminho.

Com a mão a tremer-lhe involuntariamente, Alice sentiu-se agoniada. A gravação pareceu demorar uma eternidade. O número de Joaquim estava ocupado e ela não teve outro remédio senão deixar-lhe uma mensagem a seguir ao sinal.

— Joaquim — debitou num tom piedoso —, é Alice. Liga-me quando ouvires a mensagem. Beijinhos. — Desligou, desanimada.

Ele bateu o seu recorde pessoal em velocidade no percurso Sintra-Lisboa. Tomou a auto-estrada, atalhou pelo meio do parque de Monsanto e travou a fundo para não passar o sinal vermelho na rotunda de Alcântara. O telemóvel apitou. Joaquim verificou as mensagens. Era de Alice. Ouviu o recado mas, em vez de retribuir o telefonema, teve um ataque de fúria e atirou com o telemóvel para o chão do carro, fazendo saltar a bateria, entre outras peças.

Alice voltou a tentar a ligação. Desta vez desligou antes de a gravação chegar ao fim. Desesperada, marcou o número do ministério. Um funcionário deixou-a em espera quase três minutos até voltar à linha para lhe dizer que era sábado e não devia estar ninguém no gabinete, pelo menos não respondiam. «Obrigada» agradeceu, que era sábado sabia ela. *Onde estás, Joaquim?*

A chegar ao ministério. Joaquim passou pelo guarda da GNR sem parar no portão. Arrumou o carro num lugar qualquer, bateu com a porta e correu para dentro. Estacou de repente à entrada, soltou um *foda-se!* surdo do fundo da alma e voltou a correr para trás. Perdeu mais uns segundos preciosos a recolher do chão do carro o telemóvel às peças e correu novamente para o ministério.

Subiu a ampla escadaria de pedra economizando degraus num esforço notável e percorreu apressado um corredor palaciano. Parou frente a um grande espelho entalhado em folhas douradas, recuperando o fôlego ao mesmo tempo que fazia o nó da gravata.

Bateu à porta do gabinete do ministro com os nós dos dedos e entrou sem esperar pela resposta.

— Bom dia — disse, sentando-se na cadeira vaga à frente da secretária. A outra estava ocupada pelo assessor de imprensa.

— Bom dia — respondeu o ministro com uma expressão carregada, recostando-se com todo o peso da gravidade do momento na cadeira do outro lado da secretária.

— Já se sabe de quem foi a fuga de informação? — perguntou Joaquim para ninguém em especial.

Alice desistiu de encontrar Joaquim. Abandonou sem ânimo o telemóvel em cima da secretária e voltou a concentrar-se na primeira página do jornal. «Negociações de paz marcadas para Portugal», dizia o título. «O governo de Luanda e a UNITA preparam-se para realizarem conversações secretas, algures no nosso país, com o patrocínio de Lisboa», lia-se em letras mais pequenas.

27

A tarde na redacção arrastou-se na indolência do sábado. Alice viu-se requisitada por Xavier para escrever notícias à secretária. «Para encher as páginas em branco», disse o chefe de redacção, «que hoje estamos sem notícias.»

Matraqueou no teclado do computador notícias sugadas à agência Lusa, aviando acontecimentos sem detalhes que foi empilhando informaticamente num conjunto de *breves* para depois serem *arrumadas* algures na edição do dia seguinte.

Escreveu automaticamente, sem prestar atenção ao que fazia. Atravessou a tarde angustiada. Xavier esquivou-se com um sorriso de mistério quando lhe perguntou donde viera a notícia das conversações de paz. O telemóvel de Joaquim permaneceu mudo. Não sabia nada, não conseguia falar com Joaquim e só lhe apetecia vomitar.

Às sete da tarde obteve uma pequena vitória. Ligou para Joaquim pela enésima vez e não teve a gravação como resposta.

— Está? — Era Joaquim.

— Joaquim? É Alice.

— Espera um bocadinho. Já te ligo — respondeu-lhe sem mais e desligou-lhe o telefone na cara.

Joaquim encontrava-se ainda na companhia do ministro e a conversa que teria com Alice não podia ser escutada naquele gabinete. Tinha sido uma tarde de nervos. O ministro desdobrara-se em chamadas internacionais, fazendo o jogo diplomático com as duas partes angolanas, ora usando a brandura da persuasão ora agastando-se com palavras duras, na justa medida de um mediador imparcial. Agora ambos os lados aproveitavam o descuido da notícia para fazerem exigências absurdas, tentando assim conquistar vantagens de antecipação à mesa das negociações. O ministro, por seu lado, preocupava--se com a contenção dos estragos.

Alice aguardou, enervada. Já roera todas as unhas até lhe doerem as pontas dos dedos. Só lhe restava ficar de atalaia ao telefone.

Atendeu ao primeiro toque. No ministério, Joaquim encontrava-se ao fundo do corredor vazio, espreitando por uma janela sobre Lisboa. Ao longe via a ponte com o trânsito intenso para a margem norte. As pessoas comuns regressavam a casa depois de um dia nas praias da Caparica.

— Alice, Alice — entrou a matar —, eu não fui suficientemente claro quando te disse que não podias publicar uma única palavra sobre as negociações?

— Joaquim...

— Eu não te disse que era muito importante manter o secretismo?

— Joaquim...

— Eu confiei em ti Alice e agora, se não conseguirmos dar a volta ao assunto, não vamos poder fazer nada para parar a guerra.

— Joaquim, ouve...

— Se querias vingar-te por alguma coisa que eu te fiz, não devias ter usado isto, não podias ter usado isto. Estão milhões de vidas em jogo.

— Joaquim!!! — gritou para o telemóvel, perdendo a cabeça.

— Que foi?!

— Estás louco?!

— Estou louco?

— Então tu achas que eu ia usar isto para te arranjar problemas?! Tu julgas que eu sou atrasada mental?!

— Então quem foi?

— Foi outra fonte. Não fui eu.

— Qual fonte?

— Não sei. E mesmo que soubesse, não te podia dizer.

— Ah, claro, mas eu pude dizer-te e no dia seguinte estava tudo escarrapachado na primeira página.

— Joaquim, vê se metes uma coisa na cabeça: eu não queria vingar-me de nada e, mesmo que quisesse, nunca faria uma coisa destas. E mais — continuou, agora que estava lançada já nada a faria parar —, nunca pensei que te passasse pela cabeça sequer que eu pudesse trair-te. Pior, eu percebi perfeitamente o que estava em jogo. Como é que te atreves a dizer que eu ponho milhões de vidas em jogo por causa dos nossos problemas pessoais?

— Alice...

— Tu, realmente, não me conheces.

— Alice... — Foi a vez de ele suplicar.

— Olha, eu liguei-te porque estava preocupada contigo, mas o melhor é a conversa ficar por aqui. E de vez!

— Alice... — insistiu, mas ela desligou furiosa. Joaquim fechou os olhos, sentiu-se doente com o que acabava de acontecer.

Por seu lado, Alice viu-se de pé com as pernas a tremerem. Levantara-se inconscientemente ao mesmo tempo que gritava ao telefone. Perdera as estribeiras. Olhou em redor, ainda em estado de choque. A redacção suspendera o trabalho e observava-a espantada.

A crise angolana arrastou-se até terça-feira quando, para satisfação de Alice, o jornal denunciou em editorial o governo de Luanda como sendo a fonte da notícia sobre as negociações de paz. O editorial explicou que vinha expor a fonte ao saber de um novo comunicado oficial de Luanda, que declarava as negociações de paz sem efeito, uma vez que, sendo estas do conhecimento público já não poderiam ser secretas. Luanda acusava o governo português de desonestidade para favorecer a UNITA. Ora, ao perceber que estava a ser usado pelo governo angolano com a clara intenção de fazer manipulação política, o jornal denunciou a fonte. Em contrapartida, dois dias depois Luanda deu o dito por não dito e declarou-se disponível para negociar a paz.

28

Margarida declarou que ia fazer uma dieta rigorosa, inscrever-se num ginásio e começar uma vida nova. Alice sorriu, divertida com a amiga, que dizia isto à frente de um prato recheado de batatas fritas ensopadas em maionese e *ketchup*. Margarida nunca perdia a boa disposição. O namorado do Algarve? «Já me esqueci do nome dele», disse ela. «E tu devias fazer o mesmo.»

— Claro — encolheu os ombros fazendo cara de falta de pachorra. — Isso acabou há quase um mês. Por que é que estás com essa conversa?

— Porque — disse Margarida — tu continuas com esse ar sonhador de adolescente apanhada.

— Não continuo nada — protestou. — Estou é cansada. Não dormi nada esta noite.

Espreitou pela janela do restaurante. Distraiu-se a observar o movimento de automóveis e autocarros em redor da praça do Marquês de Pombal. Almoçavam no *Great American Disaster*, um velho restaurante de hambúrgueres no primeiro andar de um pequeno centro comercial. Naquela altura já estava convencida de que o seu romance com Joaquim estava definitivamente encerrado. Joaquim telefonara-lhe algumas vezes. Alice não lhe dera a mínima hipótese. Mas sempre que pensava nisso, sentia uma dor de alma como jamais lhe acontecera. No passado tinha acabado outros namoros por muito menos e nunca deixara que isso a consumisse durante mais de uma semana. Deitava o assunto para trás das costas, apagava-o da memória e ponto final. Mas desta vez a memória andava a pregar-lhe partidas e, se bem que Alice estivesse decididamente disposta a evitar recordações dolorosas, a verdade é que era a lembrança recorrente dos dias felizes com Joaquim que lhe tirava o sono.

Fizeram a pé o percurso entre o restaurante e o jornal. Margarida não se calou um bocadinho. Mas Alice já sabia como ela era e estava treinada para desligar quando a conversa não lhe interessava, de modo que foi dizendo que sim à amiga sem ouvir nada do que dizia. Pararam para observar uma montra. Margarida comentou-a de alto a baixo. Alice bocejou. Acordava cedo, sem sono e com uma disposição canina. Dava por si a tomar banho às seis da manhã e a arrumar a casa às seis e trinta. Às oito já estava a tomar o primeiro café do dia na pastelaria da esquina e quinze minutos depois punha-se a caminho do jornal. Chegava à redacção eléctrica, tomava o segundo café e lia uma pilha de jornais com a mesma precisão de uma máquina numa linha de montagem, com os olhos a percorrerem as notícias metodicamente e a mão esquerda a passar as páginas. Não registava nada do que lia, mas também não lhe interessava. O que lhe interessava era manter-se ocupada.

Oferecia-se para fazer qualquer coisa. Chegava a uma conferência de imprensa, metralhava o entrevistado com perguntas e brigava se não obtinha as respostas todas, uma por uma. Finalmente, regressava à redacção e mergulhava no computador, para onde despejava a notícia de um só fôlego.

Geralmente almoçava com Margarida porque a amiga a arrastava para um restaurante qualquer das redondezas. E então sim, a seguir ao almoço sentia um sono terrível. Mas era sono de pouco dura, pois logo encontrava mais trabalho com que se ocupar e voltava a despertar até às seis da manhã do dia seguinte. Naqueles dias Alice só se deitava à noite para dar descanso ao corpo. De manhã, levantava-se com a clara noção de que não chegara exactamente a adormecer e que apenas passara pelas brasas numa espécie de levitação do espírito, bem diferente de um sono profundo e reparador.

Viram ainda mais algumas montras, as mesmas que tinham visto na véspera e na antevéspera. Passavam por ali todos os dias e Margarida fazia os mesmos comentários sem sequer se dar conta da repetição. Alice não se importava porque não os ouvia. Chegaram ao jornal por volta das três da tarde e Alice reparou imediatamente na presença altiva de Francisco Silva. Esperava por ela na recepção. *Meu Deus,* sobressaltou-se Alice, *o que terá acontecido a Joaquim?*

29

Joaquim perdera todas as esperanças de reconquistar Alice. Tinha a plena consciência de que destruíra a relação deles por não ter sabido corresponder às expectativas de Alice. Fizera tudo ao contrário. Desleixara-se por completo ao não lhe telefonar durante dias seguidos, ressurgira levianamente com um ramo de flores sem ter a sensibilidade de perceber que não podia entrar e sair da vida dela a seu bel-prazer e, para cúmulo, acusara-a de pôr em perigo a vida de milhões de pessoas e de comprometer um importantíssimo assunto do Estado.

— Onde é que tu estavas com a cabeça? — perguntou-lhe Francisco quando Joaquim foi ter com ele para desabafar a impressionante sucessão de asneiras que lhe custara a relação mais importante da vida dele.

— Sei lá — respondeu Joaquim, desamparado. — Acho que me deslumbrei por estar tudo a correr tão bem. A Alice, o envolvimento na preparação das negociações... e depois espalhei-me ao comprido.

As negociações de paz angolanas tinham decorrido durante três dias intensivos e acabado de uma forma confrangedoramente inconclusiva. As partes haviam-se retirado para consultas, até ver.

A nomeação para a embaixada em Belgrado concretizara-se logo a seguir, como compensação pelo bom trabalho na preparação das negociações. E Joaquim nem hesitou, pensando que mais valia partir para outro ambiente do que ficar em Lisboa a arrastar-se com saudades de Alice.

Mas Francisco ficara tão feliz por os ver juntos que não deixou o assunto morrer assim sem mais nem menos. Francisco fartou-se de insistir com Joaquim para que não desistisse de Alice. E, embora ele lhe garantisse que não havia nada que pudesse fazer para a convencer a aceitá-lo de volta, não desistiu enquanto não o obrigou a telefonar a Alice. Joaquim fez-lhe a vontade. Ligou-lhe para o telemóvel mas ela tinha-o desligado. Encheu-lhe a caixa de mensagens com súplicas para que falasse com ele. Telefonou para o jornal e recebeu invariavelmente a resposta de que Alice não se encontrava na redacção. Obviamente, ela instruíra a telefonista para não lhe passar as chamadas dele. Chegou a enviar-lhe *e-mails* que ficaram sem resposta. Em desespero de causa, montou guarda à porta do jornal. E então, tendo-a apanhado numa cilada de amor ao fim de uma tarde de trabalho, Alice olhou-o nos olhos e destruiu com uma só frase aquela réstia de confiança que animara Joaquim a procurá-la em pessoa, já que ela não lhe respondia de outra forma.

— Joaquim, vê se percebes uma coisa — disse-lhe Alice, sem vacilar — eu não gosto de ti, por isso pára de me telefonar ou de me procurar.

A mensagem de Alice foi muito clara. Ainda assim, Francisco não se conformou. Joaquim jamais o tinha visto assim empenhado num assunto de saias dele e chegou a zangar-se com Francisco para que parasse de insistir em falar do assunto. Até Alice aparecer na vida deles, nunca Francisco revelara mais do que uma cortesia educada com todas as outras namoradas que lhe foi conhecendo ao longo dos anos. Ou lhe eram relativamente indiferentes ou achava que não se devia meter. Então, por que é que Alice seria diferente?

— Gosto dela, é por isso — disse-lhe Francisco, encolhendo os ombros, quando o confrontou com esta súbita mudança de atitude.

— E as outras, não gostaste de nenhuma?

— Gostei, mas esta é especial.

— Porquê?

— Porque sim — respondeu, sem adiantar outra razão mais forte.

O dia marcado para Joaquim partir para Belgrado foi-se aproximando e Francisco não voltou a falar-lhe de Alice. Joaquim concluiu que ele entendera finalmente que não havia nada a fazer para convencê-la a mudar de ideias. Mal sabia ele que Francisco se preparava para fazer algo de absolutamente impensável, tendo em conta o seu feitio reservado. Afinal de contas, Francisco habituara-o a anos de desconcertante desinteresse pelas coisas da vida dele. O máximo que lhe dissera, no dia em que terminara o curso superior, fora «parabéns», e já tinha sido uma felicitação inspirada para quem não tinha o costume de se entusiasmar com coisa nenhuma. Joaquim nunca se ofendera com ele, pois sabia que Francisco gostava dele, só que não gostava de o mostrar. Talvez por ser tímido.

Mas Alice tocara-lhe num qualquer ponto fraco. Mudara tudo. De tal forma que Francisco decidiu tomar em suas mãos a resolução do problema que já não estava ao alcance de Joaquim solucionar.

Perguntara por Alice na recepção e a funcionária informou-o de que ela se ausentara para almoçar e não saberia dizer-lhe quanto tempo demoraria. Não fazia mal, dissera, imperturbável, esperaria o tempo que fosse necessário.

Ao vê-la entrar quarenta e cinco minutos mais tarde, os seus olhos encontraram-se e Francisco percebeu a aflição que a atingiu imediatamente.

— Aconteceu alguma coisa? — perguntou Alice com a voz insegura.

— Não — sossegou-a. — Eu precisava de falar consigo e decidi vir até cá. Espero que não fique aborrecida por eu ter vindo sem avisar.

— Não, não — disse —, estou só surpreendida. Não estava à espera.

— Tem uns minutos para me aturar? — sorriu-lhe.

— Claro — retorquiu ela, retribuindo-lhe o sorriso. — Podemos falar lá em cima. Venha comigo.

— Não — disse Francisco, abstendo-se de a seguir. — Preferia que falássemos a sós. Talvez ali fora. — Indicou a rua acenando levemente com a cabeça.

— Olhe Francisco, se foi o Joaquim que lhe pediu para vir cá, não vale a pena porque...

— Ele não sabe que eu estou aqui — cortou Francisco, sem vacilar.

— Tudo bem — acedeu.

Sentaram-se lado a lado num banco de jardim, observando desinteressados o trânsito nos dois sentidos da Avenida da Liberdade.

— Então — disse Alice —, o que é que queria dizer-me?

Francisco comprimiu os lábios, demorando o seu tempo, fazendo valer o peso da idade para a manter respeitosamente em suspenso. Recostou-se no banco, cruzou as pernas enormes e desapertou o botão do casaco antes de entrelaçar os dedos e apoiar as mãos no joelho direito.

— Nem sei bem por onde começar...

— Francisco — inquietou-se novamente, virando-se para o encarar —, há algum problema grave?

— Há muitos anos — começou ele, ignorando a pergunta dela — eu tomei uma atitude que, vista à luz de hoje em dia é muito difícil de compreender. Eram tempos duros, sabe? Portugal estava a mudar, começava a modernizar-se e quem não conseguia acompanhar as mudanças ficava para trás. Eu fiquei para trás. O negócio que eu tinha na altura foi por água abaixo e eu fiquei desesperado. — Fez uma pausa, desviou os olhos do trânsito para a fitar nos olhos. — É importante que a Alice compreenda isto: Eu estava desesperado. E quando as pessoas estão desesperadas, podem chegar a um ponto em que perdem a noção das coisas e tomam atitudes pouco razoáveis, irracionais até, como o homem da sua reportagem de outro dia, que pôs em perigo a vida do filho.

— Francisco, eu...

— Alice, ouça, isto é importante. Ouça até ao fim.

Alice assentiu com a cabeça e remeteu-se obedientemente ao silêncio. Não percebia a que propósito vinham aquelas confissões inusitadas e começava a sentir-se francamente embaraçada com o rumo da conversa, mas Francisco fora sempre demasiado atencioso com ela para se recusar a ouvi-lo.

— Eu tinha uma mulher e uma filha para sustentar e estava sem um tostão — continuou Francisco, voltando a concentrar-se no trânsito. — Não tinha ninguém a quem recorrer. Para mim, era preferível morrer a deixar a minha família sofrer devido à minha incapacidade para tomar conta dela. Era este o meu estado de espírito na altura. E quanto mais pensava nisto, mais me convencia de que não havia outra alternativa. Fiz um seguro de vida e comecei a mentalizar-me de que era inevitável sacrificar-me para salvar a minha família. Um dia, despedi-me da minha mulher e da minha filha e saí de casa para uma viagem de negócios. Não havia negócio nenhum, eu é que a inventei. Tencionava simular um acidente para que elas recebessem o dinheiro do seguro.

Neste ponto do relato Alice foi tomada por uma terrível ansiedade. Sentiu o estômago às voltas e teve de se dominar para não vomitar. Francisco não olhou para ela, caso contrário teria reparado como estava pálida. Francisco continuou a falar, simplesmente.

— Apanhei um comboio para Espanha e, chegando lá, o meu plano era alugar um carro e atirá-lo para um precipício qualquer comigo ao volante. Mas nada correu como eu tinha planeado porque nunca cheguei a Espanha. O meu comboio sofreu um acidente, descarrilou. Foi terrível — disse, fazendo uma pequena pausa, como se estivesse a reviver o inferno todo outra vez. — Houve um choque e as carruagens incendiaram--se. As pessoas na minha carruagem morreram todas, não sobreviveram ao embate e ao incêndio. Eu, quando dei por mim, estava fora do comboio, em segurança. Havia centenas de feridos, gente a pedir socorro, corpos estropiados... — Francisco respirou fundo para recuperar o fôlego. — Eu não podia fazer nada para ajudar. Achei que não, pelo menos, não estava em condições de ajudar. Estava em estado de choque. Limitei-me a afastar-me do local e...

— Não quero ouvir mais nada! — Alice interrompeu-o com brutalidade. — Não quero ouvir nem mais uma palavra. — Levantou-se e fuzilou Francisco com os olhos, sem palavras para exprimir toda a sua indignação.

— Alice — disse ele. — Eu sei que isto é difícil, mas tem de ouvir até ao fim.

— Olhe Francisco — atirou-lhe, com a voz a tremer —, eu não sei como é que sabe do acidente do meu pai, mas inventar essa história toda é... é revoltante.

— Eu não inventei nada Alice.

— O meu pai morreu, Francisco. Eu sofri muito. O que você está a fazer... eu não sei o que é que você pensou, mas isto não ajuda nada. Eu não vou voltar para o Joaquim.

— Isto não tem nada a ver com o Joaquim — disse Francisco.

E a sua expressão, os seus olhos, espelhavam uma tristeza e uma sinceridade assustadoras. — Eu disse-lhe logo que não tinha vindo por causa do Joaquim.

— Pois, está bem — disse Alice, sem acreditar. Ergueu as mãos, *cala-te, por favor, cala-te*, era o que transmitiam os olhos marejados dela. A vontade de Alice foi tapar-lhe a boca para o impedir de continuar a falar, para o impedir de a perturbar mais. Ele não tinha o direito de a procurar no seu local de trabalho para lhe dizer aquelas coisas.

— Alice, eu...

— Eu não quero ouvir mais nada! — gritou Alice, descontrolada. — Ainda não percebeu?!

Aquilo era demais. Alice foi-se embora. Deu alguns passos trémulos e parou à beira da estrada, obrigada a esperar por uma aberta no trânsito que circulava na rua de dentro da avenida. No entanto, quando isso aconteceu, não conseguiu atravessar a rua. Algo a paralisou, algo que lhe ocorreu, um pensamento absolutamente aterrador impediu-a de continuar.

Francisco não fez nada. Nem sequer se voltou no banco para a ver afastar-se. Imaginara milhares de vezes este momento, pensara em todas as frases, palavra a palavra, previra todas as reacções possíveis de Alice. Sabia que ela não aceitaria os seus argumentos de bom grado, que se revoltaria, claro, mas um optimismo insensato levara-o invariavelmente a concluir que, no fim, Alice acabaria por não o rejeitar.

Agora Francisco jazia naquele banco de jardim com os cotovelos apoiados nas pernas afastadas, dobrado para a frente com uma expressão vazia. Alice voltou e ele não teve coragem de levantar os olhos.

— Essa sua filha — disse Alice —, quando se despediu dela, o que é que lhe disse?

— Levei-a à escola — contou Francisco, sem ânimo para mais do que um relato puramente factual. — Abracei-a e disse-lhe que a amava mais do que qualquer coisa neste mundo. Pedi-lhe que nunca me esquecesse.

Alice sentiu as pernas a tremerem descontroladamente. Teve de se sentar. As lágrimas caíam-lhe pelo rosto, num choro compulsivo e quase silencioso. *Eu nunca contei isto a ninguém, nunca*, pensava, *nem à minha mãe. Ele não podia saber, por mais histórias que inventasse, isto só eu é que sabia.*

— Sabe o que representa para uma criança — disse Alice, com a voz entrecortada pelo choro — começar a esquecer-se do rosto do pai, ser incapaz de se lembrar dele, mas ainda ouvir as suas últimas palavras a pedir-lhe que nunca se esqueça dele?

— Não — confessou Francisco —, não consigo imaginar o mal que te fiz.

30

Passaram trinta minutos antes de Alice se recompor o suficiente para conseguir parar de chorar e articular uma frase inteira sem ceder outra vez à tristeza profunda que a perturbava. Nesse tempo, Francisco aguardou remetendo-se a um silêncio penoso e obrigando-se a dominar-se para não a abraçar nem sequer lhe dirigir palavras de consolo, pois sabia que um homem ausente durante a maior parte da vida da filha não podia agir como pai ao regressar do mundo dos mortos num dia qualquer sem aviso prévio.

— Dezassete anos — disse Alice, mais a pensar em voz alta do que a falar com ele —, eu pensei que estivesse morto durante dezassete anos. E a mãe — lembrou-se de repente, tapando a boca com a mão como se tivesse dito uma enormidade. — A mãe viveu viúva até ao fim.

— Se isso te serve de consolo — desabafou Francisco — eu também.

— Mas como é que foi capaz?

— Já te disse — lamentou-se. — Eu estava desesperado.

— Sim, mas foram dezassete anos.

— No princípio eu não podia dizer-lhe nada. Não podia arriscar-me a que a companhia de seguros descobrisse que não tinha morrido. Afastei-me, mudei de nome, refiz a minha vida como pude. Com o passar dos anos eu... eu conhecia bem a tua mãe, tenho a certeza de que ela não me perdoaria. Foi melhor assim.

— Foi melhor assim?! — indignou-se.

— Foi melhor ela ficar com uma boa recordação minha a viver amargurada.

— Mas ela sofreu tanto...

— Eu sei Alice... e nunca me perdoei por isso.

— E o Joaquim — lembrou-se — também sabe de tudo?

— Não — disse Francisco, e ela pensou com azedume, *que bom, pelo menos não sou a última a saber*. — O único que sabia era o pai dele. Eu conheci-o quando ele estava a fazer o hotel. Ele também tinha um segredo, sabes?

— Sei — disse, pondo na palavra todo o desprezo que sentia.

— Eu disse-te que não vim falar contigo por causa do Joaquim e é verdade. Eu vim falar contigo por causa de ti. Porque eu vi vocês os dois juntos e tenho a certeza de que tu gostas dele. Estou errado?

— Não — confirmou Alice com uma voz sumida.

— Então? Isso não é o mais importante?

— Não sei. Ele desiludiu-me tanto...

— Eu sei, Alice, ele só fez disparates, mas ele gosta de ti e eu estou aqui para tentar evitar que faças a mesma asneira que eu fiz. Não desistas de quem amas, seja lá pelo que for. Não compensa.

— Eu tenho medo — lamuriou-se Alice, odiando-se por alinhar naquela conversa. Ali estava ela, ao lado do pai que a tinha abandonado há dezassete anos, meia hora depois de saber que afinal não morrera e a fazer-lhe confissões íntimas. Aquilo era ridículo, pensou.

— O Joaquim parte hoje para Belgrado. Se queres resolver o assunto, não tens muito tempo.

Alice não disse nada. Ficou a pensar. Agora, depois de tudo o que acabara de ouvir, as razões que a tinham levado a romper com Joaquim pareciam-lhe insignificantes ou, pelo menos, não tão graves quanto lhe pareciam há uma hora atrás. *A verdade*, pensou, *é que eu o afastei porque, mais uma vez, tive medo de assumir a relação.*

Francisco afastara-se dela e da mãe porque tivera medo de enfrentar os problemas, porque preferira aldrabar, arranjar dinheiro fácil, quando deveria ter-se mantido ao lado delas e passar pelas dificuldades que tivesse de passar. Alice olhou para ele e já não conseguiu ver o homem íntegro e cheio de dignidade a que se habituara desde o momento em que o encontrara no hotel. Francisco vestia-se como um senhor, agia como um cavalheiro discreto e contemplado com uma vida bem sucedida, mas isso não passava de uma camuflagem para esconder os remorsos que o atormentavam e a insegurança provocada pela mentira em que vivia há dezassete anos. Nem sequer a identidade dele era verdadeira. Alice teve pena dele e arrepiou-se só de pensar que caminhava a passos largos para se tornar na versão herdada do pai.

— Onde é que ele está? — perguntou, finalmente decidida a lutar pela felicidade que andava a deitar fora há demasiado tempo.

— Está no hotel a fazer as malas.

— Ainda chegamos a tempo?

— Podemos tentar.

31

O carro de Francisco era um modelo antigo da *Mercedes* que Alice não saberia identificar. Antigo mas estimado. Tal como tudo o resto na existência de Francisco, não havia ali nada fora do lugar. Nada de jornais velhos, cigarros apagados no cinzeiro ou um simples mapa. Nada. Se não fosse a matrícula, dir-se-ia que aquele automóvel não tinha dono. Francisco habituara-se a andar pela vida sem deixar rasto. O que a levou a pensar numa coisa que a intrigou.

— Francisco... — hesitou — devo tratá-lo por Francisco ou por Aurélio? Por pai não trato concerteza.

— Francisco está bem. De qualquer forma — gracejou, passando por cima do comentário azedo da filha —, já sou Francisco há tanto tempo que, se alguém me chamasse Aurélio, não daria pelo nome.

— Tudo bem, Francisco, como é que faz para andar há dezassete anos com uma identidade falsa e não ser apanhado? Não paga impostos?

— Pago pois, e não são poucos — esclareceu-a, mantendo os olhos na estrada. Guiava devagar, observando escrupulosamente as regras do trânsito. — Eu não tenho propriamente uma identidade falsa. Eu chamo-me mesmo Francisco Silva, pelo menos oficialmente. Foi o pai do Joaquim que tratou de tudo. Na altura, ele foi desencantar um burocrata qualquer a quem pagou para me arranjar uma identidade à prova de bala.

O Mário Fontes não se atrapalhava com nada. Eu não teria sido capaz, mas ele resolveu o assunto numa semana.

— Não pode andar um bocadinho mais depressa? — refilou Alice, consultando ansiosamente o relógio.

Joaquim levantou o pulso esquerdo e viu as horas pela décima vez nos últimos dez minutos. Parecia-lhe inconcebível que Francisco não estivesse presente para se despedir no dia em que partia. *Que diabo,* não se tratava de uma simples viagem, Joaquim ia viver para outro país.

Já se despedira de toda a gente no hotel. Agora esperava por Francisco, andando para cá e para lá na recepção.

Eram 16h 15 e a auto-estrada ainda se fazia com relativa facilidade. Ao final da tarde haveria milhares de carros a saírem de Lisboa. Francisco pisou suavemente no acelerador e o *Mercedes* passou sem esforço dos noventa quilómetros para os cento e vinte. Mais depressa do que o limite legal de velocidade é que estava fora de questão. Alice recostou-se no banco e cruzou os braços, conformada com o que parecia ser a obsessão de Francisco em manter-se dentro da lei. *Tiques da clandestinidade*, pensou Alice, um bocadinho cínica mas nada arrependida. Naquele dia, Francisco não era propriamente a pessoa mais popular na agenda dela.

Joaquim começou a pensar que Francisco fizera de propósito para não estar presente. Ele, que fazia a sua vida em Sintra e só raramente se ausentava. Embora nunca lhe tivesse falhado em nada, no domínio dos sentimentos Francisco conseguia ser muito estranho. Joaquim não se admiraria se ele só regressasse ao hotel lá para a noite. Olhou novamente para o relógio. Dar-lhe-ia quinze minutos, não poderia esperar mais.

Depois de deixarem a auto-estrada em direcção a Sintra, o trânsito engrossou. O IC-19 era uma estrada sem remédio. Francisco teve de abrandar e tomar o ritmo da fila que se arrastava a uma velocidade desconcertante. Pelo menos continuavam a andar, pensou ele. Assim nem amanhã chegariam lá, enervou-se Alice.

Joaquim pediu que lhe chamassem um táxi e amaldiçoou Francisco por ser tão avesso aos telemóveis. O porteiro tratou da bagagem, duas malas e um saco. Levou tudo para a entrada e saiu à procura de um táxi. Dali a pouco estava de regresso e a carregar a mala do carro. Joaquim olhou para o relógio. Os quinze minutos tinham-se esgotado. Entrou no táxi, fechou a porta e disse ao motorista: «Para o aeroporto, se faz favor.»

Nesse instante ouviu-se uma buzina. Alice saltou do seu lugar e correu para o táxi, que arrancava. Ela chamou Joaquim, mas ele não a ouviu. Ainda assim, Alice conseguiu aproximar-se o suficiente para bater no vidro da janela.

— Pare o carro! — ordenou Joaquim ao motorista.

32

Depois do choque que sofrera naquela tarde, Alice ansiava por um ombro amigo, por alguém que a amasse e a abraçasse sem reservas sentimentais. Alice pediu a Joaquim que lhe concedesse alguns minutos antes de partir. *Dou-te todo o tempo do mundo*, pensou Joaquim.

— Vamos subir — disse.

Joaquim percebeu imediatamente que ela estivera a chorar. Vinha com os olhos vermelhos e uma expressão que o deixou assustado. Encaminhou-a para a suite, no andar de cima, mal se contendo para não lhe perguntar ali mesmo o que se passava, uma vez que não lhe pareceu possível que pudesse ser por causa dele que Alice lhe aparecia assim de repente, naquele estado de espírito deplorável.

Alice sentou-se num dos sofás de um lugar da sala. Joaquim sentou-se no outro.

— Sabes quem é o Francisco? — atirou logo Alice, sem esperar pela resposta. — O Francisco é o meu pai e chama-se, na verdade, Aurélio.

— Mas, mas... — tartamudeou Joaquim — o teu pai morreu!

— Era o que eu pensava, até hoje.

E, dito isto, Alice respirou fundo e despejou de um só fôlego os dezassete anos que andara a viver enganada por culpa de um embuste piedoso que o pai lhe pregara, devido à situação financeira desastrosa que ele não conseguira acatar.

— Resumindo — disse, lacrimosa —, Francisco falhou nos negócios, falhou como marido e falhou como pai. É o fracasso em pessoa, o meu pai ressuscitado.

— Não pode ser! — só conseguiu dizer Joaquim, ao fim de lhe escutar aquele relato extraordinário remetido a um silêncio abismado. — Era coincidência a mais, nós encontrarmo-nos e ele ser o teu pai.

— Pode, pode — abanou a cabeça a dizer que sim. As lágrimas enchiam-lhe os olhos claros cor de mel e a voz tremia-lhe de comoção. — Não vês que foi ele quem nos juntou?

— É verdade — reconheceu Joaquim. — Agora percebo por que é que ele passava a vida a falar-me de ti.

Joaquim chegou-se para a frente, ficando sentado na beira do sofá para ficar próximo de Alice e segurou-lhe as mãos, acariciando-as. Alice soltou as mãos e abraçou-o com força, enterrando o rosto no pescoço dele e descarregou finalmente toda a mágoa que a despedaçava.

Por seu lado, Joaquim segurou-lhe a cabeça contra o peito e acariciou-lhe o cabelo e o rosto, deixando-a ficar assim o tempo necessário para se recompor. Queria que Alice se sentisse segura nos seus braços.

— Estou com vontade de matar o Francisco — disse Joaquim, quando ela parou de chorar.

— Não vale a pena — gracejou ela sem ânimo, a limpar as lágrimas. — Ainda agora ressuscitou.

Beijaram-se carinhosamente, tão apaixonados como da primeira vez que o haviam feito, na marina de Cascais. A zanga, as palavras azedas, as acusações, a separação, tudo isso lhes veio à cabeça com a consciência de que fora um tempo desperdiçado.

Beijaram-se sofregamente, ajudaram-se mutuamente a livrarem-se da roupa que os atrapalhava e fizeram amor até deixarem explodir todas as emoções que haviam acumulado em semanas de desencontros desmoralizadores.

181

— Acho que perdeste o teu voo — disse Alice. Estava aninhada em Joaquim no meio de uma confusão de lençóis. Tinham acabado por descobrir a cama e ali se haviam refugiado durante o resto da tarde. A noite já lá vinha e Joaquim ficou feliz ao perceber que Alice recuperava a alegria de outras noites que tinham passado juntos.

— Não faz mal — disse. — Apanho outro amanhã.

— Já amanhã?

— Ou depois — concedeu. — A não ser...

— A não ser?... — franziu um sobrolho.

— A não ser que tu venhas comigo.

— Para Belgrado, assim sem mais nem menos?

— Hum, hum.

— Hum — comprimiu os lábios, abanando a cabeça. — Não me parece.

— Por que não? — perguntou Joaquim, ao mesmo tempo que se apoiava num cotovelo para a ver melhor.

— Porque não sou casada contigo.

— Mas queres?

— Casar contigo?

— Sim.

— Vamos ver — respondeu Alice, ao mesmo tempo séria e enigmática —, vamos ver...

23-7-2001

GRANDES NARRATIVAS

GRANDES NARRATIVAS